MW00745158

Christoph von Schmid

Sechs Erzählungen

Christoph von Schmid

Sechs Erzählungen

Unveränderter Nachdruck der Originalausgabe von 1926.

1. Auflage 2022 | ISBN: 978-3-36826-857-2

Verlag: Outlook Verlag GmbH, Zeilweg 44, 60439 Frankfurt, Deutschland
Vertretungsberechtigt: E. Roepke, Zeilweg 44, 60439 Frankfurt, Deutschland
Druck: Books on Demand GmbH, In de Tarpen 42, 22848 Norderstedt, Deutschland

CHRISTOPH
VON
SCHMID

CHR. VON SCHMID

SECHS ERZÄHLUNGEN.

Sechs Erzählungen

für die Jugend:

Die Hopfenblüten ✳ Das Rotkehlchen
〰 Kupfermünzen und Goldstücke 〰
Die Margaretablümchen ✳ Das Raubschloß
Die Feuersbrunst.

Von

Christoph von Schmid.

Mit vielen Bildern.

Reutlingen.
Enßlin & Laiblins Verlagsbuchhandlung.

Die Hopfenblüten.

1. Die Schullehrerin.

Der Schullehrer Friedrich Hermann zu Steinach war
einer der edelsten, zufriedensten Menschen unter der Sonne.
Seine größte Freude war es, mit Kindern umzugehen,
und er stiftete in seinem schönen Berufe unbeschreiblich viel
Gutes. Dabei begnügte er sich mit seinem geringen Einkommen, und fühlte sich in seinem kleinen Reiche — wie
er sein Haus mit dem Strohdache, seinen Garten und vorzüglich seine Schule nannte — so glücklich wie ein König.

Das Dörflein Steinach lag in einer rauhen, gebirgigen
Gegend. Als Hermann, an einem trüben Regentage, das
erstemal von dem Berge, über welchen der Fußweg führte,
herabging, und den alten, grauen Kirchturm, und die moos-
bewachsenen Strohdächer zwischen Wald und Felsen tief
unten im Tale erblickte, ward es ihm sehr schwer um das
Herz. Noch mehr erschrak der gute Mann, als man ihm
das baufällige Schulhaus zeigte, zu dem man nur über
gelegte Steine durch einen garstigen Sumpf kommen konnte.
In der finsteren Wohnstube wurde es ihm ganz unheim-
lich; sie hatte eine schwarzbraune hölzerne Decke, einen
morschen Stubenboden, und die kleinen runden Fensterscheiben waren von Schmutz und Alter beinahe undurch-
sichtig. Die Schulstube hatte ein ebenso dumpfes, wider-
liches Aussehen. Der Garten am Hause war zwar sehr

1*

groß, allein nur ein magerer Grasboden. Wenige Bäume
darin trugen gutes Obst; die meisten waren schlechter Art,
oder bereits so alt, daß sie mehr dürre als grüne Äste
hatten. Der Schullehrer verlor indes den Mut nicht.
„Mit Gottes Hilfe," sagte er getrost, „soll dieses alles
besser werden."

Er trat sein Amt mit Einsicht, Eifer und Freude an.
Die Kinder merkten dieses sogleich, und fühlten neue Lust
und Liebe zum Lernen. Der freundliche Lehrer, den die
Kinder so liebhatten, und bei dem sie so vieles lernten,
gewann bald die allgemeine Liebe der Eltern. Die Ge=
meinde gab seinen bescheidenen Bitten Gehör, und beschloß
einmütig, das alte Schulhaus zu erneuern. Er selbst ar=
beitete, außer den Schulstunden, beständig im Garten;
vom frühen Morgen bis zum späten Abend sah man ihn
die zu alten Bäume ausreuten, junge pflanzen, andere
pfropfen und veredeln, Beete umgraben, Gemüse ansäen,
und junge Pflänzchen setzen. Da er der Sohn eines Gärt=
ners war, so hatte er eine große Vorliebe für den Garten=
bau, und verstand ihn sehr gut. Auch den sumpfigen Platz
vor dem Schulhause und einen buschigen Hügel neben
dem Garten, die mit zum Schuldienste gehörten, wußte er
sehr gut zu benützen und anzubauen. Alles, was er unter=
nahm, gelang, und die ganze Umgebung des erneuerten
Schulhauses ward ein großer, blühender Garten.

Etwa nach drei Jahren reiste Hermann zur Herbstzeit
in die Stadt, seine Braut abzuholen. Sie hieß Therese
Hilmer, und war eine sehr verständige, sittsame und tugend=
hafte Jungfrau. Ihr seliger Vater war ein Beamter
gewesen, und sie hatte von ihm eine vortreffliche Er=
ziehung erhalten. Das Hochzeitsfest wurde bei dem Chor=
regenten in der Stadt, dem Bruder ihres Vaters, gefeiert.
Therese hatte das Schulhaus nebst dem Garten vor einigen

Jahren schon einmal gesehen, und die Erinnerung daran machte sie noch jetzt traurig. Hermann sagte ihr zwar, es sei nun alles in einem besseren Stande, indes erwartete sie wenig, und fuhr mit ihm bangen Herzens nach Steinach.

Allein wie erstaunte sie, als sie dort ankam, und anstatt des Sumpfes vor dem Hause einen schönen grünen Rasenplatz erblickte, auf dem reihenweis junge kräftige Bäume standen, von denen einige bereits mit roten Äpfeln und gelben Birnen prangten. Das Schulhaus war zwar wie zuvor nur mit Stroh gedeckt. Allein das neue, gelbe Strohdach und die bläulich grauen Mauern des Hauses gaben ihm ein sehr reinliches, freundliches Aussehen. Der Schullehrer entschuldigte sich, daß man wegen der zu schwachen Mauern kein anderes Dach habe anbringen können. Allein Therese sagte: „Auch unter einem Strohdache kann man vergnügt und glücklich sein, wenn man Gott liebt und in Frieden und Eintracht lebt."

Sie trat in die Wohnstube und erstaunte aufs neue. Die Fenster waren hell wie Kristall, und gewährten eine herrliche Aussicht in den Garten. Die Wände waren so weiß wie Schnee, und der Stubenboden neu und höchst reinlich. An der einen Wand befand sich der Schreibtisch des Lehrers, auf dem ein Bücherschrank mit Glastüren angebracht war; an der andern Wand stand ein treffliches Klavier, das ebenso, wie der Schreibtisch, von schön geglättetem, braunem Nußbaumholze glänzte. Über dem Schreibtische erblickte man ein sehr schönes Bild, einen Kupferstich, den göttlichen Kinderfreund vorstellend, der die Kleinen zu sich ruft; über dem Klavier hing ein nicht minder schönes Bild, worauf die heilige Cäcilia, die Erfinderin der Orgel, abgebildet war; das schönste Bild aber zierte die Wand zwischen den zwei Fenstern, der Tür gegenüber, und stellte die heilige Familie vor. Die schönen

Bilder, auch in braune Rahmen von Nußbaumholz gefaßt, nahmen sich auf der reinen, weißen Wand sehr gut aus, und gereichten dem Zimmer zur großen Zierde. Ein einfacher Tisch, mit grünem Wachstuche überzogen, und sechs strohgeflochtene Sessel machten die ganze übrige Einrichtung aus. Der Schullehrer hatte diese Gerätschaften als Schulgehilfe in der Stadt teils sich erspart, teils von seinen dankbaren Schülern und Schülerinnen zum Geschenke bekommen. In jeder Ecke der Fenstersimse stand ein irdener Blumentopf mit blühenden Gewächsen.

Der Schullehrer fürchtete, da Therese früherhin in tapezierten Zimmern gewohnt hatte, so würden diese weißen Wände ihr nicht gefallen, und er bedauerte, daß in dem Zimmer sich nicht einmal ein Spiegel befinde. Therese sagte: „Diese blühenden Gewächse an den Fenstern schmücken ein Zimmer schöner, als die Blumen auf den Tapeten der Reichen, kosten weniger und verbreiten überdies noch liebliche Wohlgerüche. Was aber den fehlenden Spiegel betrifft, so ist das schöne Bild des göttlichen Kinderfreundes, vorzüglich aber das liebliche Bild der heiligen Familie für uns beide der schönste Spiegel. Auch in dem Bilde der heiligen Cäcilia, die ihre Augen so begeistert zum Himmel erhebt, sehen wir wie in einem Spiegel, daß wir die Himmelsgabe der Musik nur dazu gebrauchen sollen, die Herzen der Menschen zum Himmel zu erheben."

Der Lehrer führte nun Therese in den Garten. Von der Gartentür an bis zur Hecke am Ende des Gartens, wo ein schöner, großer Apfelbaum stand, ging ein langer, breiter Weg, der mit reinem Kiese bestreut war. Die Hälfte des Gartens, nächst dem Hause, war mit Gemüsen angebaut, die rechts und links, schön und zierlich geordnet, in den abgemessenen Beeten kräftig wuchsen, und deren mancherlei Grün sehr schön in das Auge fiel. Die andere

Hälfte des Gartens war der Baumgarten; die älteren
Bäume waren so mit Obst beladen, daß man sie stützen
mußte; auch die jüngsten trugen wenigstens ein paar Äpfel
und Birnen; der Boden war mit dichtem Grase bedeckt.
In der Ecke des Gartens sah man einen Bienenstand mit
vielen Bienenkörben. Der Hügel zur Seite des Gartens
war mit Hopfen bepflanzt, der sich an den schön geordneten
Stangen hoch emporwand, und zwischen dessen dunklen
Blättern der goldene Abendhimmel herrlich hindurchblickte.
Therese setzte sich unter die Bank unter dem Apfelbaume,
am Ende des Weges, blickte mit innigem Vergnügen um
um sich und sagte: „Wahrhaftig, da sieht man, was der
Fleiß vermag. Es ist keine Lage des Lebens so schlimm,
die man sich durch Fleiß, Nachdenken und Betriebsamkeit
nicht erträglich, ja angenehm machen könnte. Dein Fleiß
hat diese Wildnis in ein Land, das von Milch und Honig
fließt, ja in ein Paradies verwandelt."

Der Lehrer begab sich hierauf mit Therese in die
Schulstube. Die Kinder waren in ihren Sonntagskleidern
in der Schule versammelt. Alle begrüßten die Gattin ihres
geliebten Lehrers mit freudigem Lächeln, und stimmten
ihr zu Ehren ein Lied an. Ein Knabe, der ein zartes
Lämmchen trug, und ein Mädchen mit ein paar weißen
Täubchen traten zu ihr hin, und baten sie, diese Gaben
der Unschuld nicht zu verschmähen. Jedes der übrigen
Kinder überreichte ihr ein kleines ländliches Geschenk —
ein Huhn, ein Körbchen voll Eier, ein Körbchen voll
Früchte, eine Flasche mit Honig, hell und klar wie durchsichtiges Gold, goldgelbe Butter auf einem grünen Reben-
blatt, oder eine Reiste Flachs so zart wie Seide, oder
wie die gelbweißen Haare der Kinder, die ihn überreichten.
Therese wurde bis zu Tränen gerührt. „Ich komme aus
einem schönen Garten," sagte sie, „dem Garten am Schul-

hause; doch jetzt komme ich in einen noch schöneren, wo
liebliche Kinder gleich zarten Blumen und hoffnungsvollen
Bäumchen aufblühen."

„Ja," sagte der Pfarrer, ein ehrwürdiger Greis, der
auch zugegen war, „so ist es! Möchte es mit Gottes Hilfe
mir und meinem treuen Mitarbeiter hier gelingen, diese
zarten Pflanzen zu pflegen, und sie vor dem Verderben
zu bewahren. Jede Schule soll ein Garten Gottes sein, in
dem Frömmigkeit, Unschuld und jede Tugend blühen."

2. Die Jugendgeschichte der Schullehrerin.

Therese war die Tochter des herrschaftlichen Verwalters
Hilmer zu Lindenberg. Sie verlor ihre Mutter früh. Der
Vater ließ seinen mäßigen Tisch und seine kleine Haus=
haltung von der sehr geschickten und treuen Magd besorgen,
die seit seinem Hochzeitstage in seinem Hause treu und
redlich gedient hatte. Therese war mit Leonore, dem jüng=
sten Fräulein im Schlosse, von gleichem Alter. Sie war
die beständige Gespielin des Fräuleins, durfte an ihren
Unterrichtsstunden teilnehmen, und lernte mit ihr die weib=
lichen Arbeiten. Beide schön aufblühende Kinder waren
Herzensfreundinnen.

Eines Tages fuhr die Herrschaft mit zahlreichem Ge=
folge in die benachbarte Stadt, wo man den Landesfürsten
erwartete. Fräulein Leonore hatte sich von einer gefähr=
lichen Krankheit noch nicht ganz erholt, und mußte zu Hause
bleiben. Eine Kammerjungfer wurde zu ihrer Bedienung
zurückgelassen. Die Jungfer bat das Fräulein um die
Erlaubnis, an die Landstraße, wohin es nur eine halbe
Stunde war, hinausgehen zu dürfen, um da den Fürsten
vorbeifahren zu sehen, und das Fräulein gestattete es ihr

sehr gern. Auch die übrige Dienerschaft im Schlosse, und
sonst alle Leute im Dorfe eilten hinaus an die Straße.
Therese hätte mit ihrem Vater in die Stadt fahren können;
allein sie wollte lieber dem Fräulein Gesellschaft leisten.
Doch auch dieses unterblieb. Die alte treue Magd war
sehr krank geworden, und Therese wollte aus Liebe zu
ihr sie nicht allein lassen.

Fräulein Leonore bekam in dem einsamen Schlosse
Langeweile und ging in den Garten. Es war ein herr=
licher Sommermorgen. Sie sah nach ihren Blumen, an die
sie in ihrer Krankheit gar nicht mehr gedacht hatte. Die
Blumen, die lange nicht mehr begossen worden, waren
beinahe verwelkt; das Fräulein holte eine Gießkanne, und
ging damit zum Springbrunnen inmitten des Gartens,
um in dem großen marmornen Wasserbehältnis, das ihn
umgab, die Kanne zu füllen. Allein indem sie, noch schwach
an Kräften, sich bemühte, die schwere Gießkanne heraus=
zuheben, glitschte sie mit dem Fuße aus und stürzte in das
Wasser, das sehr tief war. Der Schrecken und die plötz=
liche Erkältung benahmen ihr sogleich Atem und Besinnung.

Therese stand in diesem Augenblicke eben am Fenster.
Sie sah das Fräulein hineinstürzen, hörte den dumpfen
Schall des aufrauschenden Wassers, schrie, so laut sie konnte,
um Hilfe, und sprang eilends dem Garten zu. Zu ihrem
Schrecken fand sie die nächste Gartentür verschlossen. Sie
eilte, immer um Hilfe rufend, in den Schloßhof, um durch
die andere Tür in den Garten zu kommen. Fast außer
Atem erreichte sie den Springbrunnen. Das Fräulein
war in dem Wasser untergegangen. Allein in ihrem Todes=
kampfe tauchte sie noch einmal auf und streckte einen Arm
aus dem Wasser. Therese faßte sie bei der Hand, und es
gelang ihr, das Fräulein herauszuziehen. Das arme Fräu=
lein war aber ohnmächtig, hatte die Augen geschlossen,

und sah so bleich aus, wie eine Leiche. Therese wendete
alles an, sie wieder zurechtzubringen. Endlich schlug das
Fräulein die Augen auf, sah Therese lange und starr an,
drückte ihr die Hand, konnte aber noch nicht reden. Als
sie sich etwas erholt hatte, führte Therese sie langsam zurück
in das Schloß, und brachte sie zu Bette. In der Bett=
wärme erholte sie sich vollends. Sie weinte aus Dank=
barkeit und aus Liebe zu Therese. „Du hast mich vom
Tode errettet," sagte sie öfter; „mein ganzes Leben hin=
durch werde ich dir dafür dankbar sein."

„Wir wollen beide Gott danken," sagte Therese; „er
ist es, der Sie errettet hat."

Die Freundschaft des Fräuleins für Therese wurde
von diesem Tage an noch inniger. Das Fräulein wollte
sie immer um sich haben. Beide arbeiteten bald in einem
Zimmer des Schlosses, bald in einer Gartenlaube viele
Stunden zusammen. Fräulein Leonore fuhr nie spazieren,
ohne Therese mitzunehmen, und war nur immer darauf
bedacht, ihr Freude zu machen. So lebten sie mehrere
Jahre in schwesterlicher Eintracht. Ihre gleich edlen Ge=
sinnungen, ihre Sanftmut und Bescheidenheit, ihre Liebe
und Eintracht machten ihnen das irdische Leben zum
Himmel.

Indes war der Krieg mit Frankreich (1812) ausge=
brochen. Die feindlichen Heere rückten näher. Herr von
Lindenberg faßte den Entschluß, sich mit seiner Familie
nach Wien zu flüchten. Fräulein Leonore bat Therese
unter Tränen, mit nach Wien zu reisen. Sie bot alle
ihre Beredsamkeit auf, sie zu überreden. „Hierzulande,
das bald in feindliche Gewalt fallen wird," sagte sie unter
anderem, „hast du wenig Gutes mehr zu erwarten; wer
weiß, wie es dir gehen wird! Meine Eltern und ich kommen
sicher nicht so bald wieder zurück, und können dahier nichts

mehr für dich tun. Dort aber werden wir alles, was nur immer in unsern Kräften steht, beitragen, dich glück- lich zu machen. Reise doch mit uns, liebste Therese!"

Therese sagte: „Der Himmel weiß es, wie gern ich mit Ihnen ginge. Allein ich kann meinen guten Vater nicht verlassen. Wer sollte ihn verpflegen? Unsere alte, getreue Magd ist gestorben. Er hat ja nun niemand mehr, als mich!" Fräulein Leonore machte ihr eine prächtige Schilderung von den Herrlichkeiten der großen Kaiserstadt, und den Lustbarkeiten Wiens. Allein Therese sagte: „Ach, wie könnte ich Freude daran haben, wenn ich so weit von meinem Vater, der alt und kränklich ist, entfernt wäre, und nicht wüßte, wie es ihm gehe. Ich würde vor Kum= mer sterben!"

Fräulein Leonore sprach: „Du mußt aber auch weiter hinaus denken. Wenn wir fort sind, werden die Fenster= läden des Schlosses zugeschlagen; es steht dann leer, und wenige Menschen deines Standes kommen mehr hierher. Du siehst dann in dem verödeten Dorfe nur mehr Bauern und Bauernknechte, und etwa noch feindliche Krieger. Aber in Wien wird es dir bei deiner Bildung und deiner schönen Gestalt ein leichtes sein, eine gute Versorgung zu finden."

Therese sagte: „Solange ich meinen lieben Vater nicht gut versorgt weiß, will ich von keiner Versorgung für mich wissen, und wäre sie auch die beste von der Welt."

Auch Leonorens Mutter, die Frau von Lindenberg, hätte es sehr gern gesehen, daß Therese mit nach Wien gehe. „Komm mit uns, liebe Therese!" sprach sie. „Meine Leonore hat eine solche gute Freundin und treue Dienerin, wie du bist, in dem fremden Lande notwendig; und ich werde dich als meine Tochter halten, und du sollst in mir stets eine liebreiche Mutter finden."

Allein Therese sagte unter vielen Tränen, sie sei

von der Güte und dem Zutrauen der gnädigen Herrschaft tief gerührt; sie beteuerte aber wiederholt, es sei ihr unmöglich, ihren alten kranken Vater, zumal bei den unruhigen Kriegszeiten zu verlassen.

Frau von Lindenberg sprach: „Du hast recht, liebes Kind! Gott segne dich wegen deiner kindlichen Gesinnungen. Bleibe bei deinem Vater und sei der Trost und die Freude seines Alters und seine liebevolle Verpflegerin. Sollte aber Gott deinen guten Vater zu sich nehmen, so sollst du doch keine Waise sein. Schreibe dann unverzüglich an mich, und ich werde dir Gelegenheit verschaffen, zu uns zu kommen; ich werde dir dann eine Mutter, und meine Tochter wird dir eine liebende Schwester sein."

Der Tag der Abreise brach an. Fräulein Leonore und Therese nahmen unter tausend Tränen Abschied. Auch Frau von Lindenberg war von der zärtlichen Liebe der jugendlichen Freundinnen so gerührt, daß ihr die hellen Tränen über die Wangen flossen. Selbst Herr von Lindenberg wandte sich ab, um eine Träne zu verbergen. Therese aber sah der Kutsche nach, bis sie zwischen den nächsten Bergen verschwunden war. Sie weinte und schluchzte so heftig, daß ihre lieblichen Augen ganz geschwollen waren, und heftige Kopfschmerzen sie nötigten, sich zu Bette zu legen. —

Therese lebte bei ihrem guten Vater sehr zufrieden, und führte ihm die Haushaltung. Da sie immer sehr beschäftigt war, so hatte sie keine Langeweile, obwohl das Schloß und der Garten am Schlosse für sie wie ausgestorben waren. So verfloß ein Jahr. Da kam die traurige Nachricht, Herr von Lindenberg sei gestorben. Da er keinen Sohn hatte, so fiel die Herrschaft Lindenberg einem seiner Anverwandten zu. Dieser hielt das schöne Gut wegen des gefährlichen Krieges für ein sehr unsicheres Eigentum, und verkaufte es. Ein Kornhändler, der durch große Armee-Lieferungen reich geworden war, kaufte es, und nahm damit viele Veränderungen vor. Der bisherige Verwalter, Theresens Vater, wurde in Ruhestand versetzt. Er mußte das Amtshaus verlassen, und mietete sich eine kleine Wohnung im Dorfe, die nur aus einer Stube, zwei Kammern, und einer Küche bestand. Sein Jahresgehalt war sehr gering, und wurde wegen der unruhigen Kriegszeiten nicht immer richtig ausbezahlt. Er hätte Hunger und Kummer leiden müssen, allein die gute Tochter er= nährte nun den Vater mit der Arbeit ihrer Hände. Sie war in den weiblichen Künsten eine Meisterin, und saß den ganzen Tag und halbe Nächte hindurch an dem Näh= kissen, oder dem Stickrahmen. Dabei wußte sie die kleine Haushaltung mit so viel Einsicht und Klugheit zu führen, daß es dem guten Vater in seinem Alter an nichts fehlte.

Indes nahm seine Gesundheit immer mehr ab. Er mußte daher lange das Zimmer hüten, und konnte endlich das Bett gar nicht mehr verlassen. Therese verpflegte ihn mit der liebevollsten kindlichen Sorgfalt. Sie wachte viele Nächte hindurch bei ihm, arbeitete bei dem Schimmer der Nachtlampe unermüdet, und betete beständig für ihn. Der Vater ward von ihrer kindlichen Liebe innigst und oft bis zu Tränen gerührt. „Du tust vieles an mir, liebe Therese!" sagte er sehr oft. „Denke an mich, Gott wird dir diese deine kindliche Liebe gewiß vergelten. Es wird dir gewiß noch wohl gehen." So sagte er auch noch in der Nacht, in der er starb.

Therese dachte jetzt, nach dem Tode des geliebten Vaters, zu Frau von Lindenberg zu ziehen. Allein da sie eben den Brief an die edle Frau geschlossen hatte, erhielt sie von Fräulein Leonore, ihrer Freundin, einen sehr traurigen Brief. Auch Frau von Lindenberg war gestorben, und hatte das gute Fräulein in sehr dürftigen Umständen zurückgelassen. Denn wegen des Krieges konnte beiden schon lange Zeit her von ihrem Gehalte, den sie von Lindenberg, vermöge eines Vertrages, zu beziehen hatten, nichts mehr verabfolgt werden. Das arme Fräu= lein lebte bei einer alten Tante in Böhmen, die sehr stolz, karg und jähzornig war. Das Fräulein mußte ihr Magd=

dienste leisten. Ihr ganzer Brief war voll unbeschreib-
licher Betrübnis, und zeigte, daß es ihr sehr hart gehe.

Nachdem Fräulein Leonore nunmehr auch eine arme
Waise ohne Vater und Mutter geworden, und Therese
die Hoffnung, zu dieser ihrer Freundin zu kommen, ver-
eitelt sah, reiste sie viele Meilen weit zu dem Bruder
ihres seligen Vaters, dem Chorregenten Hilmer. Dieser
nahm sie sehr liebreich auf, und sie fand an ihm einen
zweiten Vater. Da Therese sehr verständig und tugend-
haft, bescheiden und anspruchslos, und von schöner,
blühender Gestalt war, so bewarben sich bald mehrere
wackere junge Männer in der Stadt um ihre Hand. Sie
hätte eine sehr reiche Heirat treffen können. Allein sie
zog in ihrem Herzen den armen Schullehrer Hermann, den
sie in dem Hause des Chorregenten kennen lernte, allen
übrigen vor, weil er ein sehr edler Mann war, und wohl
auch, weil sie für den Lehrstand, den viele gering achten,
eine große Achtung hatte.

Sie fragte indessen den Chorregenten um Rat, was
sie tun solle, und dieser billigte ihre Wahl vollkommen.
„Denn,“ sagte er, „Hermann ist zwar arm an zeitlichen
Gütern, aber reich an Gütern höherer Art. Er hat
Religion, ist ein Mann von Verstand und dem besten
Herzen, und durchaus tadellos in seinem Betragen. Er
lebt ganz nur seinem schönen Berufe, in dem er überaus viel Gutes stiftet. Seine Einkünfte sind zwar gering; allein bei Fleiß und Sparsamkeit doch hinreichend.
Er ist mit dir von einerlei Gesinnungen. Du wirst mit ihm
glücklich sein. Was euch an Einkommen abgeht, wird
euch Gottes Segen ersetzen. Die kindliche Liebe, die du
deinem Vater erwiesen hast, ist ein reicher Schatz, der
seinerzeit dir reichliche Zinsen tragen wird.“

———

3. Die Familie des Lehrers.

Hermann und Therese lebten in dem ländlichen Schul=
hause, mit dem freundlichen, reichbebauten Garten sehr
glücklich und vergnügt. Da sie beide Gott von Herzen
liebten, so fanden sie täglich Ursache, sich seiner Güte zu
freuen und ihm zu danken. Da sie nur Ein Herz und
Eine Seele waren, und von Jugend auf sich gewöhnt
hatten, Jähzorn und üble Laune zu beherrschen, so lebten
sie in Frieden und Eintracht, und gaben einander nie
ein unfreundliches Wort. Da sie genügsam und sparsam
waren, sich nicht mit eitlen Wünschen quälten, und sich
keine unnützen Ausgaben machten, so waren sie immer
mit dem zufrieden, was sie hatten, und behielten von
ihrem Einkommen, so klein es auch war, immer noch etwas
übrig, um ihren dürftigen Mitmenschen kleine Wohltaten
zu erzeigen, und einen Sparpfennig zurückzulegen.

Sehr viel trug es zu ihrem Glücke bei, daß sie immer
beschäftigt waren. Der Lehrer war unermüdet in seinem
Berufe, in dem er seine Lust und Freude fand. Therese
besorgte die Haushaltung, die ein Muster der Reinlichkeit
und Ordnung war. Wenn der Lehrer die Schule beendigt
hatte, kam gewöhnlich Therese noch auf eine Stunde, unter=
richtete die Mädchen im Stricken und Nähen, und erzählte
ihnen dabei manches Lehrreiche, oder sang mit ihnen ein
schönes Lied.

Die Lehrerin nähte und stickte in ihren freien Stun=
den, womit auch sie vieles erwarb. Überdies half sie
ihrem Manne in Besorgung des Gemüsegartens. Der
Lehrer nahm immer einige größere Schulknaben zu sich,
wenn er zur Wartung oder Veredelung der Bäume etwas
vorzunehmen hatte; die Lehrerin zeigte den größeren Mäd=
chen in dem Gemüsegarten alles, was zu dessen Bestellung

nötig ist. Nach wohlvollbrachtem Tagewerke waren Lehrer und Lehrerin immer sehr zufrieden mit sich. „Man fühlt sich doch nie glücklicher," sagten sie oft, „als wenn man zum Glücke anderer beiträgt."

Ihre größte Glückseligkeit aber fanden sie in ihren eigenen Kindern, mit denen ihre Ehe gesegnet war. Katharine, ihr erstes Kind, mit den blauen Augen und den reichlichen blonden Locken, glich der Mutter; ebenso ähnlich war ihr Sophie, das zweite. Der kleine Fritz, ein gar lebhafter Knabe, war dem Vater ähnlich. Noch andere Kinder kamen nach. Alle blühten wie Rosen, und waren schuldlos und schön wie die Engel. Als die größeren Kinder anfingen zu reden, und täglich mehr Liebe und Zutrauen gegen die Mutter und den Vater an den Tag legten, nahm die Freude beider Eltern an ihnen täglich zu. Beide vereinigten ihre Kräfte, die Kinder gut zu erziehen. Und da die Kinder folgsam waren, und die Erziehung an ihnen täglich schönere Früchte brachte, so fühlten die Eltern sich so selig, als wären sie schon im Himmel.

Wenn die Mutter an schönen Frühlingstagen auf der Bank unter dem Apfelbaume saß und nähte, die kleineren Kinder zu ihren Füßen mit Blumen spielten, die größeren ab und zu liefen, und sie um allerlei fragten, während ringsumher alles grünte und blühte, und auf dem Baume über ihr die Grasmücke sang, so fing sie oft selbst an, vor Freude und innerer Zufriedenheit zu singen. Als ihre Kinder etwas größer geworden, so sang sie ihnen mit ihrer lieblichen Stimme manches Kinderliedchen vor, um das Gefühl für alles Wahre, Gute und Schöne früh in ihnen zu erregen. Die Kinder sangen, gleich jungen zwitschernden Vögelchen, bald auch ein wenig mit. Der Lehrer ward von dem erfreulichen Anblicke der liebreichen Mutter inmitten ihrer Kinder und von ihrem lieblichen

Gesange so gerührt, daß er ein eigenes Lied für Mutter und Kinder verfaßte. Da es, wiewohl ganz kunstlos, dem Orte und der Stelle, wo es gesungen wurde, ganz angemessen war, so wurden die Kinder davon entzückt, und es machte auf ihre Herzen den tiefsten Eindruck.

An einem herrlichen Frühlingsmorgen, da die Sonne eben aufgegangen war, und mit ihren goldenen Strahlen Berg und Tal erleuchtete, kein Wölklein den reinen blauen Himmel trübte, und Laub und Blüten, Gras und Blumen vom Taue funkelten, sang die gute Mutter inmitten ihrer Kinder das Lied unter dem Apfelbaume das letztemal.

Frühlingslied einer Mutter, mit ihren Kindern zu singen.

Mit Laub und Blüten schmücken
Sich wieder Berg und Tal,
Und rings um uns erblicken
Wir Blumen ohne Zahl.

Das Herz im Leibe lachet,
Wenn wir sie nur anseh'n;
Sagt, Kinderlein, wer machet
Doch alles rings so schön?

Wer läßt die Sonne strahlen,
Wer gibt ihr Glanz und Schein?
Wer mag die Blümlein malen,
So lieblich, zart und fein?

Ihr wißt, es ist nur Einer,
Der alles dies gemacht;
Der liebe Gott, sonst keiner,
Schuf alle diese Pracht.

Er schuf dort jene Eichen,
Das kleine Veilchen da,

Den Blütenbaum desgleichen,
Und alles fern und nah.

Der große Gott vollführte
Des Himmels Wunderbau,
Der liebe Gott, der zierte
Ihn mit dem holden Blau.

Ja, was wir seh'n und haben,
Leib, Leben und Verstand,
Sind alles lauter Gaben
Aus seiner milden Hand.

So laßt uns ihn denn loben,
Schaut freudig himmelwärts;
Den guten Gott da droben —
Preist ihn mit Mund und Herz.

Wer wollte ihn nicht ehren,
Nicht froh zu ihm aufschau'n?
Sein teures Wort nicht hören,
Nicht beten voll Vertrau'n? —

O hebt die kleinen Hände
Mit mir zu ihm empor!
Denn, Kinderlein, wo fände
Man ein geneigters Ohr?

Hört an, was ich jetzt sage,
Und stimmet mit mir ein;
Ja, prägt für alle Tage
Es eurem Herzen ein:

„Sieh in der Kinder Mitte,
O Gott, die Mutter steh'n!
Erhöre ihre Bitte,
Erhör' der Kinder Fleh'n!

Gib, daß sie dich erkennen,
Sich deiner Güte freu'n,
Zu dir von Liebe brennen,
Von Herzen fromm und rein!

Bewahre sie vor Sünde,
Vor Elend und vor Not;
Gib jedem armen Kinde
Sein täglich Stücklein Brot.

Ach, leite sie auf Erden
Den Weg zum Himmelreich;
Laß sie einst selig werden
Und deinen Engeln gleich!

Möcht' keines dir mißfallen,
Ach keins verloren sein!
O führ' mich einst mit allen
Zu dir im Himmel ein!"

Das Lied wurde an schönen Frühlingstagen noch oft
mit erneuter Freude wiederholt. Auf diese und ähnliche
Weise suchten die Eltern den Kindern Frömmigkeit ein=
zupflanzen. Mehr als alle, auch die schönsten Worte wirkte
das fromme Beispiel der Eltern. Die Kinder wurden von
Herzen fromm, und deshalb auch gutmütig, freundlich,
und zu allem Guten willig. Wie Vater und Mutter der
ganzen Gemeinde ein Beispiel tugendhafter Eltern und
friedlicher Eheleute waren, so wurden ihre Kinder der
Jugend ein Beispiel von Unschuld, Freundlichkeit und wohl=
gesittetem Betragen. Der alte Pfarrer sagte öfter: „Die
Familie des Schullehrers ist die glücklichste in dem Dorfe,
weil sie die frömmste und tugendhafteste ist."

4. Teurung und Krankheit.

So glücklich der Schullehrer mit seiner Familie lebte,
so hatte er dennoch seine Leiden und Widerwärtigkeiten.
Allein er nahm sie willig von Gottes Hand an. Er sagte:
„Wie nicht immer heller Sonnenschein und klarer blauer
Himmel sein kann, sondern auch trübe Regentage kommen
müssen, damit die Feldfrüchte wachsen und zur reichen
Ernte gedeihen; so muß es auch im menschlichen Leben,
zum Wachstum und Gedeihen in der Tugend, Wolken und
Stürme geben, wenn wir uns einst in der Ewigkeit einer
reichen Ernte erfreuen sollen.“

Einmal wurde es in dem Lande sehr teuer; das Getreide galt gerade noch einmal so viel als gewöhnlich.
Das kleine Einkommen des Lehrers wollte für die vielen
Kinder bisher schon nicht mehr zureichen. Überdies gaben
die Kinder der guten Mutter sehr viel zu tun. Sie hatte
für ihre Kinder immer so viel zu nähen, zu flicken und
zu stricken, daß sie mit Nähen und Stricken für andere
wenig mehr verdienen konnte, und dieser einträgliche Neben-
verdienst fast ganz aufhörte. Die guten Leute kamen daher bei der gegenwärtigen Teurung in große Not.

„Ach,“ sagte die Mutter einmal zu dem Vater, „man
sieht der Mehltruhe schon wieder auf den Boden! Woher
werden wir Brot nehmen für so viele? Dabei haben wir
noch manche andere notwendige Ausgaben. Erst heute
brachte der Schuhmacher drei Paar neugesohlte, und zwei
Paar ganz neue Kinderschuhe. Auch ist dein grauer Rock,
den du auf alle Tage anhast, so abgenützt, daß man alle
Fäden daran zählen kann. Wir können unmöglich mehr
Geld genug auftreiben, uns und unsere Kinder ordentlich
zu kleiden und zu ernähren.“ Sie war sehr bekümmert.

Der Lehrer suchte sie zu trösten. Er setzte sich an sein
Klavier und stimmte das schöne Lied an:

„Wer nur den lieben Gott läßt walten
Und hofft auf ihn zu jeder Zeit,
Den wird er wunderbar erhalten,
Trotz aller Not und Dürftigkeit.
Wer Gott, dem Allerhöchsten, traut,
Der hat auf keinen Sand gebaut.“

Die größeren Kinder, und endlich auch die Mutter, stimmten von Herzen in den Gesang mit ein, und schöpften wieder frischen Mut.

Sobald das Lied geendet war, trat der Pfarrer in die Stube. Er hatte eben einen Kranken besucht, sie im Vorbeigehen singen hören, und ward von ihrem Vertrauen auf Gott bei dieser harten Zeit innig gerührt. „Lieber Lehrer,“ sagte er, „ich will Ihnen ein oder zwei Malter Getreide zu dem gewöhnlichen Preise geben. Ich habe, wie Sie wissen, selbst nur geringe Einkünfte; sonst würde ich Ihnen das Getreide schenken. Sie können es mir aber, wenn bessere Zeiten kommen, mit Gelegenheit bezahlen.“

Eltern und Kinder waren hoch erfreut, und dankten dem Pfarrer mehr mit Tränen als mit Worten. Das erhaltene Getreide reichte gerade bis zur Ernte, wo dann wieder wohlfeiles Getreide zu haben war. Die Not, die sie erlitten hatten, gereichte ihnen indes zum großen Segen. Sie hatten nun erfahren, daß Gott in der Not helfe. „So groß die Not war,“ sagte der Vater, „so mußte doch keines von euch, meine lieben Kinder, je hungrig zu Bette gehen. Unser Kummer war größer als die Not. Gott half zu rechter Zeit, und gab uns Brot. Laßt uns ihm danken, und aufs neue auf ihn vertrauen.“ — Die Kinder lernten die Gaben Gottes mehr schätzen. Sie erkannten es deutlicher und heller, daß Gott der allgemeine Brotvater sei, und beteten von der Zeit an mit noch mehr Andacht vor und nach dem Tische. Sie verstanden die schönen Worte

nun erst recht: „Aller Augen warten auf dich, Herr, und
du gibst ihnen Speise zu rechter Zeit.“

Ein anderes Mal bekamen die Kinder das Schar=
lachfieber. Die liebevolle Mutter ging bekümmert von
einem Krankenbettchen zum andern. Sie brachte mehrere
Nächte schlaflos zu. Der Vater bat sie dringend, doch
wenigstens einige Stunden in der Nacht zu schlafen, da
ja er bei den Kindern wache. Allein sie war um die
Kinder zu besorgt, als daß sie hätte schlafen können. „Es
sind der Kranken zu viele,“ sagte sie, „wir haben beide
genug zu tun, um sie zu verpflegen.“ Auch fielen der be=
kümmerten Mutter ihre dürftigen Umstände zu dieser Zeit
noch schwerer auf das Herz. „Ach,“ sagte sie eines Mor=
gens nach einer bangen Nacht, „so viele kranke Kinder,
und fast kein Geld im Hause! Ich sehe da keinen Ausweg
mehr; mein Herz ist äußerst bedrängt.“

Da setzte sich der Lehrer an das Klavier, und sang
voll frommen Vertrauens zu Gott die Worte des schönen
Liedes:

> „Empfiehl du deine Wege,
> Und was dein Herz bedrängt,
> Der treuen Vaterpflege
> Des, der die Himmel lenkt;
> Der Sternen, Wolken, Winden
> Bestimmet ihre Bahn,
> Der wird auch Wege finden,
> Wo dein Fuß wandeln kann.“

Die bekümmerte Mutter wurde wieder getrost, und
die Kinder wurden dann auch bald wieder gesund.

Auch dieses Leiden gereichte den Eltern und Kindern
zum Segen. Die Kinder erkannten es mit Dank, wieviel
die Eltern an ihnen getan hatten. Bisher hatten die Kin=
der es noch nie so gefühlt, wie lieb sie ihrer Mutter und

ihrem Vater seien, und liebten nun beide noch herzlicher als vorhin. Katharine sagte noch sehr oft zur Mutter: „O, liebste Mutter, in meinem Leben werde ich es nie vergessen, wie viele Liebe du mir in meiner Krankheit erwiesen hast! Ich werde mich gewiß befleißen, eine so gute, liebevolle Mutter nie zu betrüben, sondern ihr durch Gehorsam, Fleiß und Wohlverhalten stets Freude zu machen." Eltern und Kinder fühlten sich in der Liebe gegeneinander noch glücklicher als zuvor. Auch erkannten die Kinder, was für eine große Wohltat Gottes es um die Gesundheit sei, und dankten Gott täglich dafür. Die Krankheit hatte so ihre Glückseligkeit vermehrt.

5. Die kranke Mutter.

Es ging dem Lehrer und seiner Familie nun wieder sehr gut. Ein paar Jahre verflossen ihnen in Ruhe und Zufriedenheit, ohne besondere Widerwärtigkeit. Allein jetzt suchte Gott das Haus dieser guten Menschen mit einem großen Leiden heim.

Der Lehrer hatte sich über die Ankunft seines neunten Kindes aufrichtig gefreut; allein die Mutter wurde bedenklich krank, und konnte lange Zeit das Bett nicht mehr verlassen. Indes schien es sich mit ihr zu bessern; sie konnte des Tages einige Stunden wieder außer Bette zubringen. An dem Geburtstage ihrer Tochter Katharine blieb sie den ganzen Tag auf. Da sie jedoch sich noch zu schwach fühlte, Hausgeschäfte vorzunehmen, so suchte sie einen Strohhut, den ihr schon in Lindenberg Fräulein Leonore geschenkt hatte, hervor, um ihn zu einem Geschenke für Katharinens Geburtstag zurechtzumachen. Der Hut war nun freilich ziemlich schadhaft. Allein sie wußte

die schadhaften Stellen sehr geschickt auszusondern, den
Hut kleiner zu machen, und ihn so zierlich herzurichten, daß
er, wenn man ihn nicht zu genau besah, für einen neuen
Hut gelten konnte. Katharine hatte über dieses Geschenk,
mit dem sich die Mutter so viele Mühe gegeben, eine große
Freude. Es fiel ihr wohl ein, daß ein hübsches grünes,
blaues oder rotes Band auf dem schönen gelben Hute sich
sehr gut ausnehmen würde. Sie hätte auch sehr gern ein
solches Band gehabt, und sie wünschte, der Vater möchte
ihr zu ihrem Geburtstage eines kaufen. Sie zweifelte auch
nicht, der Vater werde, wenn sie ihn freundlich darum
bitte, ihr das Geld dazu geben. Allein sie ließ sich von
ihrem Wunsche nichts merken. Das bescheidene Mädchen
dachte: „Der gute, liebe Vater hat so viele nötige Aus=
gaben für uns Kinder zu bestreiten; es wäre eine Sünde,
von ihm noch Geld zu unnötigem Putze zu verlangen.“

Die Mutter hatte mit der kleinen Arbeit fast den
ganzen Tag sehr vergnügt zugebracht. Allein die Nacht
darauf wurde sie sehr krank. Sie klagte über heftige
Schmerzen und verfiel in eine solche Schwäche, als wollte
sie auf der Stelle sterben. Der erschrockene Vater zündete
Licht an, und weckte Katharine. Katharine weckte die
übrigen Kinder. Alle kamen weinend und schluchzend in
die Schlafkammer der Mutter. Es war ein großer Jam=
mer. „Ach, liebste Mutter,“ rief eines der Kleinen, die
Ärmchen zum Bette emporstreckend, „ich bitte dich, stirb
doch nicht!“ Sogar das Kleinste in der Wiege wurde von
dem lauten Jammern im Schlafe gestört, und fing an
laut zu weinen.

Die Mutter ward von dem Anblicke und dem Jammer=
geschrei der Kinder heftig erschüttert. Der Vater führte
die Kinder in die Wohnstube und sagte: „Liebe Kinder!
Betet, o betet für eure Mutter!“ Alle knieten sogleich

nieder, und erhoben die kleinen Händchen. Der Vater sah,
bei dem trüben Scheine der Öllampe, die er in der Hand
hielt, die Reihe der neun Kinder, von denen Katharine
das kleinste auf dem Arme hatte, mit nassen Augen so an,
und der traurige Anblick schnitt ihm durch das Herz. Katha=
rine betete ihnen vor: „Lieber Vater im Himmel! Ach,
nimm uns unsere liebe Mutter nicht! Ach, laß sie doch
wieder gesund werden!" „Ja, liebster Gott, bester Vater
im Himmel," seufzte der Lehrer in seinem Innersten, „du
siehst diese weinenden neun Kinder! Du weißt meinen
Jammer! Du wirst diesen armen Kindern ihre geliebte
Mutter, die sie so nötig haben, nicht nehmen!"

Er ging wieder in die Kammer und setzte sich an
das Bett der kranken Mutter. Er zitterte vor Bangigkeit,
und sah beinahe blässer aus, als die kranke Mutter, die
anfing, sich von ihrer Schwäche zu erholen. Sie sagte mit
noch schwacher Stimme: „Kümmere dich doch nicht so,
liebster Mann! Ich fühle mich schon ein wenig besser.
Gott wird helfen! Sei du ruhig, und bringe die Kinder
zu Bette." Er tat es. Nur Katharine blieb auf. Die Nacht
verfloß unter Bangigkeit und Ängsten, und unter stillen
Gebeten.

Als der Morgen anbrach und rötlich in das Fenster
schien, ging Katharine, um ihre Taufpatin, die Försterin,
zu rufen. Die Försterin kam sogleich. „Nun gottlob,"
rief der Lehrer, „daß Ihr da seid, beste Frau Gevatterin!
O bleibt doch bei der Kranken, und habt wohl auf sie acht.
Ich eile zu dem Arzte in die Stadt." Er nahm Hut und
Stock. Allein die Kranke sagte: „O bleib doch, liebster
Mann! Doktor und Apotheker sind für uns zu teuer. Wir
haben bereits das Gehalt für das nächste Vierteljahr ein=
genommen. Weiteren Vorschuß, sagte der Stiftungspfleger
sehr ernstlich, dürfe er uns nicht ausbezahlen. Ich fühle

mich auch wirklich schon um vieles besser. Ich hoffe, der
gütige Gott werde mein Arzt sein, und mich, was er leicht
kann, ohne Arznei gesund machen. Sieh wenigstens noch
einen oder zwei Tage zu."

Die Försterin sprach: „Liebste Frau Gevatterin! Ich
glaube, daß Sie recht haben. Ja, ich halte dafür, daß der
Anfall in der vergangenen Nacht nicht so gefährlich war,
als es anfangs schien. Sie sind gestern zu lange aufge=
blieben; Sie haben ihren Kräften mehr zugemutet, als Sie
noch leisten können. Die Arbeit, die Ihnen der Hut machte,
war Ihnen sonst wohl nur ein Spiel; allein jetzt war
die kleine Arbeit für Sie doch noch eine zu große An=
strengung. Glauben Sie mir, die Schwäche, die heute nacht
Sie befiel, kam lediglich von der Ermüdung her. Ich weiß
das alles aus Erfahrung. Ich war im verflossenen Jahre,
wie Sie wissen, auch krank. Der Arzt aus der Stadt hat
mir eine Kräuterkur verordnet, die mich bald wieder her=
stellte. Diese Kräuter, die in unserer Gegend wachsen,
dürften auch für Sie das dienlichste Mittel sein."

Die Schullehrerin gab ihr recht; allein der Lehrer
hatte noch seine Bedenklichkeiten. Er sagte: „Die Um=
stände scheinen mir doch nicht ganz die nämlichen. Und
dann ist auch die Natur der Menschen sehr verschieden.
Die Arznei, die dem einen heilsam ist, kann einem andern
unnütz, ja sogar schädlich sein. Eben deshalb ist ein Arzt
notwendig, der allein dieses zu beurteilen weiß." Er wollte
gehen. Allein die beiden Frauen bestanden darauf, erst
die Kräuterkur zu versuchen. „Sie kann durchaus nicht
schaden," sagte die Försterin; „und wenn der Anfall wieder
kommen sollte, kann man allemal noch den Arzt rufen."
Sie nannte die Kräuter, und beschrieb, wie man sie brauchen
müsse. Katharine, die für ihre Taufpatin eben diese Kräuter
gesammelt hatte, erbot sich, dieselben sogleich herbeizu=

schaffen. Die Lehrerin bat den Lehrer sehr dringend, ihr zu gestatten, diese Kur zu gebrauchen. Der Lehrer gab endlich nach, beteuerte aber, wenn seine geliebte Therese innerhalb zwei, höchstens drei Tagen nicht merklich besser werde, so werde er keinen Einwendungen mehr Gehör geben, und unverzüglich zu dem Arzte in die Stadt eilen. „Ach,“ sagte er, „nur zu lange schon haben wir, aus Scheu vor den Kosten, zugesehen; wir hätten uns an die alte goldene Regel halten sollen: Wende dich sogleich zu Anfang einer bedenklichen Krankheit an einen richtigen Arzt, sonst könnte am Ende die Hilfe zu spät kommen.“

---

6. Das Fräulein auf dem Schloßberg.

Katharine setzte ihren Strohhut auf, nahm ein Körb= chen an den Arm, und sagte zu ihrer Mutter: „Ich werde mit den Kräutern schon recht bald zurückkommen; droben auf dem Schloßberge, nicht weit von der alten zerfallenen Ritterburg, wachsen sie in Menge.“ Da sagte der kleine Fritz: „Katharine, nimm dich wohl in acht, daß du der alten Burg nicht zu nahe kommst. Dort läßt sich das Burgfräulein zuzeiten sehen. Die ist den Kindern gar nicht hold, und könnte dir leicht ein Leid antun!“ — „Ei,“ sagte Katharine, „das ist nur so ein Märlein, das man für ungehorsame Kinder erdachte, damit sie sich nicht zu nahe zu dem alten Gemäuer hinwagen, und nicht etwa ein Stein auf sie herabfalle, und sie totschlage.“

Katharine ging durch den Garten, und pflückte im Vorbeigehen von der Hecke eine Hopfenrebe ab, die mit schönen, dunkelgrünen Blättern und blaßgrünen schuppigen Fruchtzäpfchen, gewöhnlich Hopfenblüten genannt, reich= lich geschmückt war. Sie schlang die Hopfenrebe anstatt des fehlenden Bandes zierlich um den Hut, und eilte dem Schloßberge zu.

Der Weg am Berge hinauf führte bald über sonnige Stellen voll duftender Kräuter, bald durch schattige Gebüsche. Als sie sich rings von Haselbüschen und wilden Rosensträuchen umgeben sah, kniete sie nieder, blickte zum Himmel und betete mit aufgehobenen Händen inbrünstig für ihre Mutter. Sie ging weiter, und kam auf einen freien Platz, nicht weit von der verfallenen Burg, wo sie unter einer Menge anderer Kräuter diejenigen erblickte, die sie suchte. Sie fing an zu pflücken, und betete beständig innerlich zu Gott: „Liebster Vater im Himmel! Segne diese Kräuter; laß meine liebe Mutter wieder gesund werden; hilf uns in unserer Not!" Alles rings umher war stille; nur die Grillen ließen sich hören, und hie und da zwitscherte ein Vögelein auf den nahen Sträuchen.

Da Katharine ihr Körbchen bereits gefüllt hatte, war es ihr auf einmal, als hörte sie jemand kommen. Sie blickte auf, und aus dem dunklen Gebüsche kam eine in Weiß und Rosa gekleidete, weibliche Gestalt mit so leichten Tritten hervor, als schwebte sie. Um das Haupt hatte sie ein feines, weißes Tuch, wie man es vorzeiten zu tragen pflegte, ehe die Ritterburg auf dem Berge zerstört wurde, und wie es auf einem alten Gemälde der Kirche im Dorfe noch zu sehen war. Katharine empfand einen kleinen Schauder, indes faßte sie Mut, und blickte die unerwartete Erscheinung fest an. Die zarte jungfräuliche Gestalt war nicht größer, als Katharine, und schien von ebendemselben Alter. In der rechten Hand hielt sie eine kleine rote Geldtasche mit einem silbernen Schlosse, und mit der linken hielt sie das blendend weiße Tuch, das ihren Kopf umgab, unter dem Kinne zusammen. Sie lächelte so freundlich und

ihr Angesicht war so lieblich und blühend, daß Katharine
alle Furcht verging.

„Liebes Kind!“ sagte das Fräulein mit sanfter
Stimme, aber etwas schnell, und in einer Katharine un=
bekannten Aussprache, „wäre es dir wohl mit einem hüb=
schen Stücke Geld gedient?“

Katharine war über diese Frage nicht wenig ver=
wundert. „Geld,“ sagte sie, „könnten meine Eltern jetzt
wohl brauchen. Allein wie wissen Sie davon! Wie kom=
men Sie auf den Einfall, mir Geld anzubieten?“

„Höre einmal!“ sagte das fremde Fräulein, das nichts
weniger als eine Erscheinung war, wie Katharine anfangs
beinahe geglaubt hätte; „ich habe diesen Augenblick, durch
einen kleinen Unglücksfall, meinen Hut verloren. Ich
komme weit her, und habe noch eine weite Reise vor mir.
Du würdest mir eine große Gefälligkeit erweisen, wenn
du mir deinen Hut gegen gute Bezahlung abtreten wolltest!
Möchtest du wohl?“

„O recht gern,“ sagte Katharine; „der Hut ist zwar
ganz artig, und mir sehr lieb. Er ist ein Geschenk von
meiner Mutter, und sie trug ihn ehemals selbst. Erst
gestern machte sie ihn für mich zurecht, und ich habe ihn
heute das erstemal auf. Er freut mich ganz ungemein.
Allein meiner Mutter zuliebe verkaufe ich ihn gern! Ach,
ich wäre bereit, mein Leben für sie zu geben!“

„Nun, das ist schön!“ sagte das Fräulein. „Allein
was verlangst du für den Hut? Fordere einmal! Wie=
viel soll ich dir bezahlen?“

Katharine sagte: „Ich weiß den Hut nicht zu schätzen.
Er ist freilich schon etwas abgenutzt, und dürfte nicht lange
mehr halten. Allein ich denke, einen kleinen Taler sollte
er doch wert sein.“

„Ei,“ rief das Fräulein, „das ist zu wenig. Der

Hut ist sehr fein, und ganz so, wie die Hüte, die man jetzt
trägt. Da ich ihn eben nötig habe, so gebe ich dir einen
großen Taler für den Hut. Allein nun sage, was ver=
langst du für die herrliche Hopfengirlande, die um den
Hut geschlungen ist?"

Katharine blickte das Fräulein verwundert an und
meinte, sie scherze. Sie scherzte aber nicht. Das gute
Fräulein war nämlich in einen etwas seltsamen Irrtum
verfallen. Da Katharine, zwar nur in blaugestreifte Lein=
wand, aber doch nach Art der vornehmeren Stände ge=
kleidet war, und da ihr Strohhut zu den feinsten gehörte,
so meinte sie, die natürliche Hopfenrebe, mit der er um=
schlungen war, sei eine künstliche, ja ein Meisterstück von
Kunst.

Das Fräulein sagte daher, indem sie die Hopfenrebe
mit wohlgefälligem Lächeln anblickte: „Sie ist in der Tat
unvergleichlich! Sie ist einzig! Meine Mutter verschrieb
unlängst Blumen aus Italien, die sehr teuer, aber lange
nicht so schön waren. Sie prangten zwar mit lebhafteren
Farben, allein diese bescheidenen blaßgrünen Blüten und
die dunkelgrünen Blätter gefallen mir doch besser. Sie
nehmen sich auf dem gelben Hute, den sie so leicht und un=
gekünstelt umschlingen, ganz ungemein gut aus! Fordere
nur, wieviel ich dir für die schöne Hopfenrebe bezahlen soll!"

„Ei, die schenke ich Ihnen in den Kauf," rief Katha=
rine. Sie nahm den Hut herab und übergab ihn dem
Fräulein. — „Nein," sagte das Fräulein, „geschenkt kann
ich die Hopfenblüten nicht nehmen. Das wäre ein zu kost=
bares Geschenk." Sie nahm ihr weißes Tuch ab, setzte den
Hut auf das schönlockige Köpfchen und sagte: „Er ist mir
eben recht, und ich denke, er steht mir sehr gut! Meinst du
nicht?" Katharine nickte. „Nun, weißt du was?" sagte
das Fräulein, „wir wollen nicht viel unnötige Worte

machen; denn ich habe Eile. Ich bezahle dir für den Hut, wie gesagt, einen großen Taler, für die schönen Hopfen= blüten aber drei große Taler. Das sind sie wert; denn sie sind ganz Natur!"

„Das sind sie freilich," sagte Katharine lächelnd; „allein ich begreife nicht, warum sie deshalb so ungeheuer viel wert sein sollten. Ich denke, in der ganzen Welt ist kein Mensch, der so viel für so ein Hopfenreislein geben würde."

„Ah," sagte das Fräulein, „du verstehst dich nicht auf solche Putzwaren." Sie nahm ein Goldstück aus ihrer Geldtasche, bot es ihr hin und sagte: „Das Gold hier ist vier große Taler wert. Da, nimm es ohne weitere Um= stände."

Katharine sagte sehr ernstlich: „Ich kann es nicht nehmen; es ist viel zuviel!"

„Nun," sagte das Fräulein, „wenn es dir nicht zu wenig ist, mir ist es nicht zuviel!"

Katharine, der es gar nicht in den Sinn kam, das Fräulein halte die natürliche Hopfenrebe für eine künst= liche, fuhr fort, sich zu weigern. Sie wollte eben sagen, daß an ihrer Hecke und in ihrem Hopfengarten viele tausend solche Zweige wachsen, und daß man für so viel Geld einen ganzen großen Sack voll kaufen könne; und so wären end= lich beide ins klare gekommen. — Allein da erscholl plötz= lich ein Posthorn. „Je," rief das Fräulein, „da ist mein Kutscher schon oben am Berge! Meine Mutter winkt mir mit ihrem weißen Tuche! Lebe wohl!" Sie warf das Goldstück in das Körbchen mit Kräutern, eilte mit schnellen Schritten der Kutsche zu und stieg ein. Der Postillon schwang die Geißel, und da die Straße dort sogleich wieder bergab ging, war die Kutsche in einigen Augenblicken ver= schwunden, als wäre sie in die Erde versunken.

Katharine würde alles für einen Traum gehalten haben, wenn sie das Goldstück nicht unter den Kräutern gefunden hätte. Sie sann vergebens hin und her, was doch wohl das Fräulein möge bewogen haben, ein Hopfen= reislein teurer als den Hut, ja sogar mit Gold zu bezahlen. „Doch,“ sagte sie endlich, „sei das, wie es wolle, so viel scheint mir gewiß: Gott hat mein Gebet für meine Mutter erhört, und will ihr mit dem Golde in ihrer Krankheit Hilfe und Erquickung verschaffen.“

7. Die liebevollen Kinder.

Katharine betrachtete das glänzende Goldstück und sagte: „Welche Freude werden meine lieben Eltern über das Gold haben, das ihnen wahrlich Hilfe vom Himmel ist! Ich muß es ihnen nur sogleich bringen. Kräuter habe ich für heute genug gepflückt. Das Körbchen aber,“ sagte sie, indem sie es auf den Kopf nahm, „dient mir, da die Sonne so heiß scheint, recht hübsch anstatt des Strohhutes, und gibt mir Schatten.“ Sie eilte flüchtig, wie ein junges Reh, den Berg hinunter.

„Liebste Eltern!“ rief sie sogleich unter der Stuben= türe; „mir ist ein seltenes Glück begegnet! Seht, da ist ein Goldstück, das vier große Taler im Wert haben soll!“

„Mädchen,“ rief der Vater mit erfreuten Blicken, indem er die schöne neue Karolin betrachtete, „wo nimmst du das Gold her? Das ist Hilfe in der Not! Elf Gulden sind für uns arme Leute eine große Summe Geldes.“

Die kranke Mutter setzte sich in dem Bette auf, nahm das Gold aus der Hand des Vaters in die ihrige, und auch ihre Blicke glänzten vor Freude.

Der kleine Fritz aber sprach: „Wie, zeigt mir das

3*

Goldstück doch auch! Ich habe schon so viel vom Golde
gehört; ich möchte doch auch einmal eines sehen!" Die
Mutter gab ihm das Gold. "O je," rief er "ist's nur
das! Ich meinte Wunder, was es wäre, da man so viel
Aufhebens davon macht! Da haben wir in unserm kleinen
Tale viel schöneres und helleres Gold in Menge. Was sollte
ein solches, kleines, gelbes Ding dagegen sein! Abends,
bei Untergang der Sonne, sind Wolken und Bergspitzen,
der Mühlbach und die Fenster der Bauernhäuser lauter
klares, rotschimmerndes Gold; ja die Sonne selbst, wenn sie
so schön rund und glänzend untergeht, ist dann das herr=
lichste Goldstück."

Katharine fing nun an zu erzählen, wie sie das Gold=
stück von einem fremden Fräulein für den Hut erhalten
habe. Da wurden die heitern Blicke der Mutter wieder
trübe und traurig. Die Mutter dachte, das Fräulein müsse
Katharine bloß aus Versehen ein Goldstück von so großem
Werte gegeben haben.

Katharine legte die Traurigkeit der Mutter unrecht
aus und sagte: "Ach, liebste Mutter! Zürne doch nicht,
daß ich den Hut, mit dem du dir so viele Mühe gegeben
und ihn mir zum Geburtstage geschenkt hast, verkauft
habe! Der hübsche Hut freute mich sehr, und war mir
als ein Geschenk von dir doppelt lieb. Es kam mich recht
hart an, ihn zu verkaufen! Allein du, liebste Mutter,
bist mir noch unendlich lieber, als mir der Hut war. Ich
verkaufte ihn nur, um das Geld dir zu bringen, das du
jetzt in deiner Krankheit so nötig hast."

"Sei ruhig, liebe Katharina," sagte die Mutter; "deine
Liebe zu mir rührt mich sehr! Du bist ein gutes Kind!
Allein das Gold da können wir mit gutem Gewissen nicht
behalten. Es muß da ein Mißverständnis obwalten!"

"Freilich wohl," sagte der Vater; "vier große Taler

gibt kein Mensch, der bei Sinnen ist, für einen alten Stroh=
hut. Das Fräulein muß entweder sich in dem Golde ver=
griffen haben, oder sie muß ein sehr albernes Ding sein;
man sollte ihr gar kein Geld unter die Hand lassen."

Katharine sagte: „Sie gab mir für den Hut eigent=
lich nur einen großen Taler. Die drei weiteren Taler
gab sie mir für die Hopfenblüten, womit ich den Hut ge=
schmückt hatte. Sie sagte dies ausdrücklich." Katharine
wiederholte alle Worte, die das Fräulein gesagt hatte.

„Nun ist mir alles klar!" sprach die Mutter. „Das
fremde Fräulein meinte, die Hopfenrebe, die an unserem
Zaune gewachsen ist, sei von den künstlichen Händen irgend
einer Putzmacherin verfertigt worden; deshalb bezahlte sie
so viel dafür."

„So ist es," sprach der Vater, „und wir müssen dem
Fräulein das Gold wieder zurückstellen."

„Das müssen wir," sagte die Mutter; „die drei großen
Taler wären ihr wie abgestohlen, wenn wir sie behielten."

„Da habt ihr recht, meine liebsten Eltern," sagte
Katharine, „und nun begreife ich erst, warum das Fräu=
lein die Hopfenrebe gar so bewunderte. Wir verstanden
einander nicht. Sie sagte, die Hopfenblüte sei ganz Natur,
und ich einfältiges Mädchen nahm dieses im buchstäblichen
Sinne, und gab ihr vollkommen recht. Allein sie wollte,
sehe ich nun wohl, mit dem Ausdrucke nur sagen, der
Hopfen sei, wie sie meinte, ganz nach der Natur gemacht.
Es ist ein seltsamer Irrtum! Allein wie können wir dem
Fräulein das Gold wieder zurückgeben? Ich weiß nicht
einmal ihren Namen, noch woher sie kommt und wohin
sie reist?"

„Das alles können wir auf der nächsten Post, von der
das Fräulein herkommt, leicht erfahren," sprach der Vater.
„Da sie mit Postpferden reist, so ist ihr Name, oder doch

der Name ihrer Mutter in dem Postbuche eingeschrieben. Auch erkundigt sich die Frau Postmeisterin immer sehr genau nach Namen, Wohnort und Verhältnis der Reisenden. Setze dich also nur sogleich hin, schreibe an das Fräulein und mache den Brief bis auf die Adresse fertig. Die Adresse wird dir dann die Frau Postmeisterin sagen; Brief und Geld kannst du dann sogleich auf der Post abgeben. So bekommt das Fräulein ihr Geld sogleich wieder. Denn davor bewahre mich Gott, daß unrechtes Gut unter mein Dach komme; es bringt keinen Segen ins Haus. Wenn nur das Fräulein nicht auch für den Hut zuviel bezahlte! Was meinst du, Therese?"

Die Mutter sagte: „Da das Fräulein den Hut sehr nötig hatte, und der Hut, wiewohl er im Dienste etwas gelitten hat, doch immer noch so beschaffen ist, daß ihn das Fräulein noch einige Zeit mit Anstand tragen kann, so ist ein großer Taler nicht zuviel dafür. So viel kann das Fräulein schon wohl geben, und wir können es nehmen, ohne unser Gewissen zu beschweren."

Katharine, die im Briefschreiben wohl unterrichtet war, setzte nun den Brief an das Fräulein auf; der Vater sah ihn durch, änderte hie und da ein Wort, und hieß ihn gut. Katharine, die eine sehr nette Handschrift hatte, schrieb ihn zierlich ab. Der Brief lautete so:

„Hochwohlgeborenes, gnädiges Fräulein!

Es war für mich eine Freude, Ihnen auf Ihrer Reise mit einem Hute auszuhelfen, den Sie mir sehr gut zu bezahlen die Güte hatten. Allein mit den Hopfenblüten auf dem Hute ist ein großer Irrtum vorgegangen, den Sie nur zu bald werden entdeckt haben, auf den mich aber meine lieben Eltern erst diesen Augenblick aufmerksam machten. Ich bedaure sehr, daß ich den Irrtum nicht früher bemerkte, und Ihnen nicht sogleich ausdrücklich sagte,

die Hopfenrebe, die Sie so teuer bezahlten, sei kein Werk
der Kunst, sondern nur ein ganz natürliches Hopfenzweiglein, das an unserem Gartenzaune gewachsen ist. Ich sende
Ihnen daher die drei großen Taler, die Sie mir dafür
gaben, zurück, und behalte nur den Taler für den Hut.
Der Hut ist damit freilich mehr als hinreichend bezahlt.
Allein den wohlwollenden Gesinnungen zufolge, die Sie
gegen mich armes Mädchen äußerten, wollten Sie mir ja
über den Wert des Hutes noch ein gütiges Geschenk machen.
In dieser Überzeugung danke ich Ihnen für Ihre freundliche Güte, empfehle mich Ihrem ferneren Wohlwollen,
und verbleibe   Hochachtungsvoll

Ihre gehorsame Dienerin
Katharine Hermann.“

Die Mutter gab ihr nun das Goldstück und sagte ihr:
„Bitte die Frau Postmeisterin, es zu wechseln, und dir vier
große Taler dafür zu geben. Drei davon schließest du
dann dem Briefe bei, und bittest die Frau Postmeisterin,
den Brief zu siegeln. Der vierte große Taler für den Hut
gehört aber dann dir, und du kannst damit anfangen, was
du willst.“

„Ist das wahr, liebste Mutter?“ rief Katharine erfreut; „o so weiß ich schon, was ich damit tue. Da der
Vater doch zweifelt, ob die Kräuterkur dir anschlagen werde,
so gehe ich mit dem Taler zum Doktor, und bitte ihn,
dich, beste Mutter, wieder gesund zu machen. Für so viel
Geld kann er es wohl tun. Es gibt dann freilich noch in
der Apotheke zu bezahlen. Allein ich habe noch ein grünes,
seidenes Halstuch, das mir die Frau Försterin, meine
Taufpatin, verehrt hat. Es ist sehr schön und noch wie
neu; ich hatte es kaum dreimal an. Das will ich dann auch
mit Freuden verkaufen, und so können wir ohne Schulden
hinausreichen, und alles in Richtigkeit bringen.“

Als Sophie, Katharinens jüngere Schwester, dieses hörte, sagte sie: „Und ich will meine schöne Perlenschnur verkaufen, die ich von meiner Frau Taufpatin erhielt. Aus den Perlen lösen wir wohl etwas Rechtes.“ Es waren sehr schöne — Glasperlen von geringem Werte, die aber Sophiens vornehmster Schmuck, und in ihren Augen ein großer Schatz waren.

Der kleine Karl rief: „Und ich will meinen Fuchs verkaufen!“ So nannte er sein Steckenpferd, auf dem er eben angeritten kam, und das ihm sehr lieb war. Die kleine Luise, die ihre Puppe auf dem Arme hatte, sagte: „Ich will mein Gretchen verkaufen. Der Abschied wird mir freilich schwer fallen. Ich werde weinen müssen. Allein der Mutter zuliebe gebe ich mich darein! Die Mutter braucht jetzt Geld, wie ich höre.“

„Nun brav,“ rief Karl, „da bekommen wir ja Geld wie Heu.“

Der Vater lobte die liebevollen Gesinnungen seiner Kinder; die Mutter hatte Tränen in den Augen. „Gute Kinder,“ sagte sie zu dem Vater, „sind in glücklichen Tagen die größte Freude der Eltern; im Unglück aber ihr bester Trost.“

—◦◦◦—

8. Die Postmeisterin.

Katharine machte sich nun sogleich zur Reise in das nächste Städtchen fertig, wo die Post war, und wohin man von dem Dörflein aus eine starke Stunde zu gehen hatte. Sie entlehnte den Strohhut, den sie ihrer Schwester Sophie abgetreten hatte. Auf das Geheiß der Mutter schnitt sie in dem Garten einige vorzüglich schöne Stauden Blumenkohl ab, und legte sie in einen Armkorb, um sie in der

Stadt zu verkaufen. Denn die Mutter sagte öfter: „Wenn eine gute Haushälterin einen Gang über Feld, in den

Garten, oder auch nur durch das Haus zu machen hat, so bedenkt sie immer, ob sie nicht nebenher ein anderes Geschäft verrichten könne, und geht nie gern mit leeren Händen.“

Als Katharine in dem Städtchen angekommen war, ging sie geradezu in das Posthaus, und trat in die untere Stube. Die Postmeisterin, eine wohlaussehende, redselige Frau, saß an dem Fenster, und strickte. Katharine grüßte sie freundlich und fragte, wer die fremde Frau und das Fräulein gewesen, die heute früh mit der Post hier durchgereist wären.

„Das war die Frau von Grüntal und ihr Fräulein Tochter Henriette," sagte die Postmeisterin. „Sie kamen von ihrem Landgute Grüntal, und reisen in die Residenz, wo sich Herr von Grüntal schon einige Zeit aufhält. Sie gedenken dort einige Monate zu bleiben. Aber was gehen dich, armes Kind, diese vornehmen Frauen an? Was für Geschäfte hast du bei ihnen?"

Katharine zog den Brief und das Goldstück heraus und sagte: „Fräulein Henriette bezahlte mir bei einem kleinen Handel drei große Taler zuviel; ich möchte sie ihr gerne durch die Post zurückschicken, und deshalb dieses Goldstück wechseln lassen."

„Poßtausend," sagte die Postmeisterin, „das muß ja ein recht bedeutender Handel gewesen sein, bei dem man sich um drei große Taler verrechnen kann! Das sieht man dir, mein liebes Kind, nicht an, daß du so große Geschäfte machst! Doch, worin bestanden sie denn? Darf ich es wohl auch wissen?"

Als Katharine zu erzählen anfing, kam der Postknecht, der das Fräulein gefahren hatte und eben mit den leeren Pferden zurückgekehrt war, in seiner schönsten gelben Jacke und scharlachroten Weste, herein. Er hatte einen Krug Bier in der Hand, und setzte sich damit an den untersten Tisch, in der Ecke der Stube. Er hörte ein wenig zu, und rief dann lachend: „Das ist ja die hübsche Hopfenhändlerin, der das Fräulein von Grüntal für ein ein-

ziges Hopfenzweiglein von der nächsten besten Hecke drei
große Taler bezahlte!"

„Wie, was!" rief die Postmeisterin, „drei große Taler
für ein Hopfenzweiglein? Das ist ja unerhört! Das ist
wohl nicht geschehen, seit die Welt steht!"

„Wahrhaftig, das Mädchen versteht sich auf den
Hopfenhandel!" sagte der Postillon, und griff nach dem
Krug. „Ich wollte aber doch nicht, daß man jedes Hopfenreis mit drei großen Talern bezahlen müßte. Da könnte
ein ehrlicher Kerl, wie ich, keinen guten Trunk mehr tun!
Doch," setzte er noch bei, bevor er trank, „die kluge Hopfenhändlerin soll dessenungeachtet leben!"

„Das ist eine seltsame Geschichte!" sagte die Postmeisterin. „Die muß ich recht aus dem Grunde erfahren.
Komm, liebes Kind! Du wirst wohl müde und hungrig und
durstig sein? Setze dich hierher zu mir auf diesen Sessel!
Sieh, da hast du ein Gläschen süßen roten Wein und
weißes Brot. Du mußt mir aber alles recht ausführlich
erzählen. Wie kam das Fräulein dazu, dir einen Hopfenzweig abzukaufen? Was wollte sie damit anfangen? Das
sage mir! Laß einmal hören!"

Katharine fing an: „Das Fräulein hatte auf der
Reise den Hut verloren!"

„Was," rief die Postmeisterin laut auf, „gar noch
den Hut verloren! Ich denke fast, sie hat zuvor den Kopf
verloren! Allein wie kam denn das? Sie hatte, als sie
dahier vor dem Posthause einstieg, den Hut ja noch auf.
Es war ein sehr schöner Hut, von grünem Taft mit rosen-
farbenem Futter. Er war mit einem schönen rosenfarbenen
Bande unter dem Kinne festgebunden. Wie war es nun
möglich, daß sie den Hut verlor?"

Katharine wußte dies nicht zu sagen. Allein der
Postillon sagte: „Da kann ich Bericht erstatten! Da war

ich dabei! Das Fräulein ist ein sehr lebhaftes, ziemlich
unbesonnenes und leichtsinniges Kind. Sie konnte keinen
Augenblick ruhen. Bald sang sie ein Liedchen, bald mußte
ich ihr ein Stücklein auf dem Posthorn blasen; bald bog
sie sich rechts, bald links aus der Kutsche, die Gegend zu
besehen. Die Mutter mußte immer wehren, damit sie nicht
gar hinausfiel. Dann saß sie wieder einige Augenblicke
still; dann klagte sie wieder, es sei so heiß, und knüpfte
das rote Band auf, mit dem der Hut festgeknüpft war.
Gleich darauf kamen wir an die schmale, steinerne Brücke,
nicht weit von dem großen Wasserfalle. Als das Fräulein
den reißenden Strom so zwischen Felsen und Gebüschen,
ganz weiß vom Schaume herabstürzen sah, war sie vor
Freude ganz außer sich. Ich mußte auf der Brücke, wo
man den Wasserfall am besten sehen kann, halten. Sie
stand in der Kutsche auf und rief bewundernd: „Wie das
braust und schäumt, mir ist es, ich sehe einen Strom von
Milch! Und wie das Wasser aufspritzt, und wie Silber=
staub davonfliegt! Alle grünen Blättlein an den Ge=
sträuchen, und die farbigen Felsen umher tröpfeln wie vom
Regen." So sprach sie noch vielerlei, das ich aber nicht
alles merken konnte. Das Wundern wollte gar kein Ende
nehmen. Da kam plötzlich ein Windstoß — und patsch!
lag ihr schöner Sommerhut mitten im Flusse. Sie wollte
ihn im Fallen noch auffangen, und wäre beinahe ihm
nachgeflogen. Zum Glücke hatte die Mutter sie noch ge=
halten. Ich war mit einem Sprunge vom Kutschbock,
und wollte den Hut mit der Peitsche herausangeln. Allein
ich kam zu spät. Die brausenden Wasserwellen rissen den
schönen Hut eilig mit sich fort, und kehrten ihn bald zu
oberst, bald zu unterst, daß bald der grüne Überzug, bald
das rote Unterfutter aus dem Schaume hervorblickte. In
wenigen Minuten sahen wir nichts mehr von ihm. Ich

mußte heimlich lachen; indes war es mir doch selbst leid um den schönen Hut!"

"Nun," sprach die Postmeisterin, "was sagte aber die Mutter zu dem Verluste des Hutes!"

"Die Mutter," sagte der Postillon, "machte eben nicht so viel daraus, als ich erwartete. Sie hatte über die Gefahr des Fräuleins, die beinahe über die Brücke hinunter in den tobenden Fluß gestürzt wäre, einen großen Schrecken gehabt. Sie zitterte, und sah so bleich aus, wie das Gipsbild dort auf dem Ofen. Sie gab ihrer Tochter aber auch die schönsten mütterlichen Ermahnungen. "Dein Leichtsinn," sagte sie, "hätte dir fast das Leben gekostet. Du wärest leicht in diesen Abgrund gestürzt; und was für ein Jammer wäre dieses für deine Mutter gewesen, die dich so herzlich liebt! Wenn du so leichtsinnig bleibst, und nicht bedachtsamer wirst, so stürzest du dich sicher noch in schrecklichere Abgründe des zeitlichen und ewigen Verderbens. Danke doch mit mir Gott, und versprich es ihm, dich zu bessern." Dem Fräulein gingen diese Reden der Mutter sehr zu Herzen. Sie sagte mit Tränen in den Augen: "O liebste Mutter, Sie waren mein Schutzengel! O, wie danke ich Ihnen! Ich verspreche es Ihnen vor Gott, mich zu bessern."

"Diese Reden des Fräuleins," sprach der Postillon, "gefielen mir sehr wohl. Ich hoffe, Hopfen und Malz, wie ich anfangs fürchtete, werden doch nicht an ihr verloren sein."

"Das gebe Gott," sagte die Postmeisterin; "aber wie ging es weiter?"

"Wir kamen nun an den hohen Berg, über den der Fahrweg führt," erzählte der Postillon. "Dort, wo der Fußweg anfängt und sich an der Seite des Berges hinaufschlingt, bat das Fräulein um Erlaubnis, daß sie, anstatt

hinaufzufahren, hinaufgehen dürfe. Sie wünsche, sagte
sie, die hohen Felsen, die tiefen Täler, und die alte Burg
auf dem Berge recht zu besehen, was man in der Kutsche
nicht wohl könne; auch gehe das Fahren bergauf ihr zu
langsam. Die Mutter gestattete es und blieb in der Kutsche
sitzen. Ich sah von weitem gar wohl, wie das Fräulein,
das nun einmal wie Quecksilber ist, auf die Kleine hier,
die eben damals oben am Berge, nicht weit vom Fußwege,
Kräuter sammelte, mit schnellen Schritten, als flöge sie,
zueilte, und den Hut mit der, wie sie meinte, so kostbaren
Hopfenrebe ihr abhandelte. Kaum hatte der Reisewagen
die Höhe des Berges erreicht, so war das Fräulein heiter
und fröhlich wieder da, den hübschen leichten Strohhut
auf dem lockigen Köpfchen, der ihr auch in der Tat besser
stand, als der verlorene, ziemlich schwerfällige Hut von
Seide."

„Nun, den Strohhut hat sie mir abgekauft!" sagte
Katharine, und erzählte hierauf den Irrtum, der mit dem
Hopfenzweige vorgegangen war.

„Aber," sagte die Postmeisterin zu dem Postillon, „wie
war die gnädige Frau Mama mit dem Hopfenhandel zu=
frieden? Erzähle du, Hans! Du weißt das Ende der
Geschichte."

„Je nun, sehr übel!" sagte er. „Sie wurde, wie man
sich leicht denken kann, sehr böse. Der Hut, sagte sie, ist
für einen großen Taler eben nicht zu teuer; allein der
Hopfen, für den du drei große Taler gegeben hast, ist keine
drei roten Heller wert. — Wie, was! rief das Fräulein,
haben Sie nicht selbst für den spanischen Holunder auf
Ihrem Hute noch mehr gegeben? Allein die gnädige Mama
sagte: Bist du denn blind? Hast du keine Augen? Siehst
du denn nicht, daß es ganz natürlicher Hopfen ist? Das
Fräulein wollte noch immer recht haben. Fühlen Sie

die niedlichen Hopfenzäpfchen nur einmal an, rief sie, sie rauschen ja, wie gummierter Taft; sie sind wirklich noch etwas klebrig von dem Gummi. Ich kann mich nicht ge= irrt haben. Allein nach und nach kam das Fräulein denn doch aus ihrem Irrtum, und wurde bis an die beiden Ohr= läppchen so rot, wie meine scharlachene Weste hier."

„Nun," sprach die Postmeisterin, „was sagte die Frau Mama noch weiter? Das möchte ich doch auch noch wissen. Hat sie das leichtsinnige Geschöpf nicht recht ausgescholten?"

„Die gnädige Frau," sagte der Postillon, „sprach noch viel, und gab ihrer Tochter sehr gute Ermahnungen. Ich wollte nur, ich hätte sie alle recht behalten können, um sie mit ihren Worten wieder zu erzählen. Sie sagte, indem sie auf den Hopfenzweig deutete: Sieh, mein Kind, so trügen die Augen! Du glaubtest dir für deinen Hut eine schöne Zierde zu kaufen, die du jahrelang tragen könntest, und hast nun nichts, als ein einfaches Hopfenreis, das morgen verdorrt sein wird. So irren sich die Menschen gar oft. Ja, es ist der Fehler der meisten Menschen, daß sie zu teuer einkaufen. Manches hübsche Kind hat schon für leere Schmeicheleien, eitle Versprechungen und schnell vor= übergehende Vergnügungen — Unschuld, Ehre, Gewissens= ruhe, ja das ganze Glück des Lebens hingegeben. Da du so unbeschreiblich leichtsinnig bist, so ist es mir für dich sehr bange. Dein Leichtsinn hat dort auf der Brücke eben erst dein Leben in Gefahr gebracht; und nachdem du kaum dem Tode entgangen bist, und mir heilig versprochen hast, künftig bedachtsamer zu sein, machst du schon wieder so tolle Streiche. O trachte doch, dein leichtsinniges Wesen zu bessern; nimm ein gesetztes, vernünftiges Betragen an, sonst erlebe ich an dir noch unermeßlichen Jammer!"

Die Postmeisterin, die vorhin viel gelacht hatte, wurde jetzt sehr ernsthaft. „In der Tat," sagte sie, „die Frau

von Grüntal ist eine sehr vernünftige und rechtschaffene
Mutter. Allein was sagte die Tochter zu diesen vortreff=
lichen Lehren, die jeder Mensch tief in sein Gedächtnis oder
vielmehr in sein Herz einprägen sollte?"

„Das Fräulein Tochter," sagte Hans, „war sehr klein=
laut und hatte auf dem ganzen Wege kein Wörtchen mehr
feil. Sie sang kein Liedchen mehr, und wollte auch kein
Stück auf dem Posthorn mehr hören. Sie hatte nur immer
Tränen in den Augen. Bevor wir aber zum Tore hinein=
fuhren, bat sie ihre Mutter nochmals um Verzeihung und
versprach, die weisen, mütterlichen Lehren zu befolgen."

„Das wollen auch wir tun!" sagte die Postmeisterin.
„Diese Lehren sind auch für uns, besonders aber für die
Jugend sehr heilsam. Du versprichst es doch auch, sie zu
befolgen, Katharine? Nicht so?" Katharine versprach es.

Die Postmeisterin nahm nun das Goldstück, holte die
vier großen Taler, und sagte zu Katharine: „Den Brief
möchte ich, wenn's erlaubt ist, doch auch lesen!" Katharine
gab ihr den Brief. Die Postmeisterin sagte, nachdem sie
ihn gelesen: „Der Brief ist nicht aus dem hübschen Köpf=
chen da gekommen; er ist auch nicht von deiner Hand ge=
schrieben." Katharine versicherte, sie habe den Brief selbst
aufgesetzt; ihr Vater habe nur einige Worte verbessert,
und sie habe ihn dann abgeschrieben.

„Nun," sprach die Postmeisterin, „das wollen wir
gleich sehen, ob dies deine Handschrift ist." Sie packte die
drei großen Taler zu dem Briefe, machte einen Umschlag
darüber und sprach: „Nun schreibe einmal! Ich will dir
die Adresse angeben." Katharine schrieb, und die Post=
meisterin verwunderte sich sehr. „Mädchen," sagte sie,
„das hätte ich nicht gedacht! Du schreibst sehr schön; ich
könnte es bei weitem nicht so. Dein Vater hat dich gut
unterrichtet." Sie siegelte den Brief, legte ihn zu den

übrigen Paketen und sagte: „Heute nacht geht alles zu=
sammen mit der fahrenden Post ab. — Du bist aber nicht
nur ein sehr geschicktes, sondern auch ein sehr ehrliches
Mädchen. Bleibe es immer, und ich darf dir dann nicht
erst wünschen, wohl zu leben."

---

9. Der Doktor.

Katharine fragte nun die Postmeisterin, wo der Dok=
tor wohne. Die neugierige Frau wollte sogleich wissen,
was Katharine bei ihm zu tun habe. Katharine erzählte
von ihrer kranken Mutter, von dem Kummer des Vaters,
von dem Jammer der neun Kinder. Sie sagte auch, daß
sie den Taler dem Doktor geben und ihn bitten wolle, ihre
kranke Mutter zu besuchen.

Die Postmeisterin war von dieser kindlichen Liebe sehr
gerührt und sagte: „Das ist ja recht schön, daß du den
großen Taler, den du aus deinem dir so werten Hut erlöst
hast, mit Freuden für deine kranke Mutter verwenden
willst! Komme nur sogleich mit mir. Der Doktor wohnt
nur wenige Schritte von hier. Seine Frau ist meine sehr
gute Freundin. Ich will dich hinführen in das Haus."
Sie nahm ihren schwarzen, seidenen Mantel um, und ging
mit Katharine zum Doktor.

Die Postmeisterin konnte sich nicht enthalten, zuerst
die Geschichte von dem Strohhute mit der kostbaren Hopfen
girlande zu erzählen. Sie wußte sie so lustig vorzubringen,
daß Doktor und Doktorin nicht wenig lachten. Hierauf
aber erzählte sie mit teilnehmendem Herzen von Katharines
kindlicher Liebe, von der kranken Mutter und dem be=
kümmerten Vater der neun lebenden Kinder, und lobte
die Ehrlichkeit beider Eltern mit großer Rührung. Die

Doktorin hatte Tränen in den Augen, und der Doktor
sagte zu Katharine, die, mit dem großen Taler zwischen
den Fingern, demütig und flehend vor ihm stand: „Stecke
dein Geld nur wieder ein, du gutes Kind! Ich würde es
für Sünde halten, dir auch nur einen Heller abzunehmen.
Morgen früh reite ich ohnehin nicht weit von deinem
Dörflein vorbei. Da werde ich deine kranke Mutter be=
suchen, und mit Gottes Hilfe sie umsonst gesund machen.“

„Nun wohl,“ sagte die Postmeisterin, „und ich werde,
um doch auch etwas zu tun, für die gute redliche Kranke
die Kosten der Apotheke bezahlen. Es ist gar so schön und
löblich von der rechtschaffenen Frau und ihrem Manne,
daß sie trotz Armut und Krankheit sich ein Gewissen dar=
aus machten, das Geld zu behalten, das ihnen das Glück
auf eine solche sonderbare Art in die Hand gespielt hat.“

Katharine dankte dem Doktor und der Postmeisterin
unter Freudentränen, und ging mit dieser wieder zurück
in das Posthaus, wo sie ihren Armkorb hatte stehen lassen.

„Nun,“ fragte die Postmeisterin, „und was hast du
denn in deinem Korbe?“ Katharine öffnete den Deckel
und sagte: „Da Sie gar so gütig gegen meine Mutter sind,
so bitte ich Sie, den Blumenkohl als eine kleine Erkennt=
lichkeit anzunehmen. Meine Mutter gab ihn mir zwar
zum verkaufen mit; allein ich weiß es gewiß, die Mutter
wird mich loben, daß ich Ihnen meine Dankbarkeit da=
mit zu bezeigen suchte.“

„Es ist sehr schön,“ sagte die Frau, „daß du so er=
kenntlich bist; allein ich bezahle dir den Blumenkohl recht
gern. Deine Eltern haben das Geld nötiger als ich.“
Sie nahm ihn aus dem Korbe, bezahlte ihn sehr gut und
sagte: „Damit du den Korb nicht leer nach Hause bringst,
so warte noch ein wenig.“ Sie ging und brachte eine
Flasche Wein, und fast eine Schürze voll weißes Brot.

„Der Wein ist für deine Mutter,“ sagte sie; „der Herr Doktor fand es sehr ratsam, daß sie des Tags ein Gläschen trinke. Das Brot aber verteile unter deine Geschwister, und vergiß dich selbst nicht dabei!“ Sie legte die Flasche Wein und das Brot in den Korb, und wünschte Katharine, die unaufhörlich dankte, recht gut nach Hause zu kommen.

Katharine kam voll Freude nach Hause, gab ihrer Mutter den großen Taler, sagte ihr, daß Doktor und Apotheker keinen Kreuzer von ihr fordern würden; über= reichte ihr dann die Weinflasche, und teilte unter ihre Geschwister Brot aus. Beide Eltern waren hoch erfreut, und die Kinder erhoben einen großen Jubel. Katharine aber sagte: „So hat denn der liebe Gott unsere Ehrlich= keit sogleich auf der Stelle belohnt. Es ist doch wahr, was uns der Vater schon so oft gesagt hat: „Ehrlichkeit und Rechtschaffenheit erfreuen Gott und Menschen.“

Am andern Morgen sehr frühe kam der menschen= freundliche Doktor. Er fand die Krankheit eben nicht gefährlich. „Nur,“ sagte er, „wäre sie gefährlich geworden, wenn man nicht noch zur rechten Zeit einen Arzt gerufen hätte. Die Kräuterkur,“ sprach er, „mag künftighin treff= liche Dienste tun; für jetzt aber sind wirksamere Mittel notwendig. Indes hoffe ich, mit Gottes Hilfe soll die teure Kranke in Zeit von acht Tagen wieder aus dem Bette kommen.“ Er verschrieb nun eine Arznei, versprach in einigen Tagen wieder zu kommen, schwang sich auf sein Pferd, und ritt eilends fort.

Schon nach drei Tagen kam er wieder. Er war dieses Mal aber nur zu Fuß. Er erkundigte sich sehr genau nach dem Befinden der Kranken und sagte: „Nun wohl! Es steht alles gut. Sie haben bald keine Arznei mehr nötig, sondern nur Ruhe, besonders aber kräftige Nahrung.“

„Ach,“ seufzte der Lehrer, „wo sollen wir diese her=

nehmen!" Der Doktor zog ein versiegeltes Päckchen mit
Geld aus der Tasche, und übergab es Katharine. Sie las
die Aufschrift: „An Jungfer Katharine Hermann in Stein=
ach, mit 32 fl. 24 kr." Sie öffnete voll Erstaunen das
Päckchen. Bei dem Gelde lag folgender Brief:
„Meine liebe Katharine!

Die Redlichkeit, mit der Sie mir die drei Kronen=
taler zurückschickten, rührte mich und meine lieben Eltern
sehr, und wir haben großes Wohlgefallen daran. Es war
ein glücklicher Irrtum, zu dem mich die schönen Hopfen=
blüten auf Ihrem hübschen Strohhütchen verleiteten; er
bestätigt mir die Wahrheit, daß auch in dem kleinsten
Dörflein und unter niedrigen Strohdächern redliche Men=
schen wohnen. Die drei Kronen, die ich Ihnen aus Ver=
sehen gab, sende ich Ihnen nun mit Bedacht zurück, und
lege noch drei andere bei, als eine kleine Belohnung Ihrer
Redlichkeit. Einen besseren Lohn haben Sie noch im Him=
mel zu hoffen. Wir vernahmen, Ihre gute Mutter sei krank.
Meine Mutter schickt daher der lieben Kranken noch weitere
sechs Kronentaler zu einer kleiner Erquickung, und läßt
ihr baldige Besserung wünschen. In diesen Wunsch stimme
auch ich mit ein; der liebe Gott wolle ihn erfüllen. Leben
Sie wohl! Ich verbleibe Ihre wohlwollende
Henriette von Grüntal."
Katharine, ihr Vater und ihre Mutter waren über
diesen Brief und die ansehnliche Unterstützung höchst erfreut
und erstaunt. Sie wunderten sich, wie Fräulein Henriette
von der Krankheit der Mutter schon Nachricht habe, da
doch Katharine dem Fräulein weder ein Wort davon ge=
sagt noch geschrieben hatte. Allein der edelmütige Doktor
hatte, sobald er von seinem letzten Krankenbesuche zu Stein=
ach nach Hause gekommen war, sogleich an Frau von Grün=
tal geschrieben. Er hatte sie schon vor mehreren Jahren

in Wien kennen gelernt und wußte, daß sie sehr wohltätig
war. Die Hopfengeschichte und Katharinens Brief gaben
ihm eine schickliche Veranlassung, die ihm als Arzt anver=
traute kranke Mutter, nebst ihrer dürftigen, aber sehr
liebenswürdigen Familie, der Wohltätigkeit der gnädigen
Frau zu empfehlen. Von dem allem sagte aber der be=
scheidene Mann, der am liebsten im stillen Gutes tat,
kein Wörtchen. Er sagte bloß: „Das Päckchen mit dem
Gelde ist erst vor einer Stunde auf der Post angekommen.
Da nahm ich denn sogleich Hut und Stock, es selbst zu
überbringen. Denn, wenn man heute eine Not lindern,
oder einem Menschen eine Freude machen kann, so muß
man es nicht bis morgen verschieben. Überdies liegt mir
die kranke Mutter so vieler Kinder sehr am Herzen. Da
der Abend so schön ist, ich eben von Geschäften frei war,
und doch spazieren gegangen wäre, so dachte ich keinen
angenehmeren Spaziergang machen zu können, als hier=
her. — Indes bin ich doch etwas müde und durstig ge=
worden!" Er setzte sich auf einen Strohsessel an das
offene Fenster und bat um ein Glas Milch.

Katharine brachte es sogleich auf einem reinlichen
Teller von Steingut. Er trank und sagte: „Die Milch
ist sehr gut; indes ist sie mir etwas zu fett, ich bitte um
Wasser dazu." Katharine brachte das Wasser in einer
gläsernen Flasche; Wasser und Flasche waren hell wie
Kristall. Der Doktor lächelte freundlich, blickte in der
Stube umher und sagte: „Hier ist die Reinlichkeit recht
zu Hause; so habe ich es gern."

Nachdem er die Milch getrunken hatte, ging er an
den Bücherschrank, durchsah die Bücher, und lobte sie sehr.
„Die Schule dahier muß gut bestellt sein," sprach er;
„wie ich höre, wird die Schulprüfung bald gehalten?"

„Heute über acht Tage!" sagte der Lehrer.

„Nun wohl!" sprach der Doktor. „Ich muß die werte
Kranke ohnehin noch einmal besuchen. Ich werde daher
an diesem Tage kommen, und wenn es erlaubt ist, dann
der Prüfung beiwohnen."

Der Schullehrer versicherte, das werde ihn sehr freuen,
und der Herr Doktor werde ihm dadurch eine große Ehre
erweisen.

Der Doktor besah hierauf das Klavier und sagte:
„Spiel Er mir einmal etwas darauf, Herr Schullehrer!"
Der Schullehrer setzte sich an das Klavier, und spielte
aus einer neuen Oper, die damals viel Aufsehen machte,
dem Doktor aber noch unbekannt war, das schönste und
schwerste Stück mit großer Fertigkeit, mit Geschmack und
Ausdruck. Der Doktor horchte hoch auf. Er nannte den
Lehrer nicht mehr Er. „Sie spielen vortrefflich," sagte er;
„Sie singen wohl auch recht gut? Lassen Sie mich ein=
mal ein schönes Lied hören." Der Schullehrer winkte
Katharine. Sie brachte ein Liederbuch, schlug es auf, und
sagte: „Dieses Lied da liegt mir, seit der Herr Doktor die
Mutter besser fand, und uns das reiche Geschenk brachte,
beständig im Sinne. Dieses Lied wollen wir singen."
Sie sangen folgende Zeilen:

„Sollt' ich meinem Gott nicht singen,
Meinem treusten besten Freund?
Seh' ich doch aus allen Dingen,
Wie so gut er's mit mir meint!
Wie doch nichts als lauter Lieben
Sein getreues Herz bewegt,
Das ohn' Ende hebt und trägt —
Die in seinem Dienst sich üben!
Alles währt nur eine Zeit,
Gottes Lieb' in Ewigkeit!

„Schön, sehr schön!" sagte der Doktor gerührt. „Sie
singen sehr gut, Herr Lehrer, und Katharine hat eine wahre
Nachtigallstimme. Allein die fromme Empfindung des
Dankes, womit Sie das Lied sangen, übertrifft Ihre an=
genehmen Stimmen noch weit. Diese Empfindung ist die
Seele des Gesanges. Ihr Gesang war so vortrefflich, als
der Inhalt des Liedes, das Katharine sehr gut gewählt
hat. Ich habe Ihnen nicht nur mit Vergnügen, sondern
mit wahrer Andacht zugehört!"

„Doch," sagte der Doktor jetzt, „ich habe diesen Abend
in der Stadt noch einen Krankenbesuch zu machen, und
muß mich, so gern ich bei Ihnen bin, nun wieder auf
den Weg machen." Er stand auf, und trat noch einmal
an das Krankenbett der Mutter. Er tröstete sie liebreich,
machte ihr die beste Hoffnung und versprach ihr, da er es
nicht früher nötig finde, in acht Tagen wieder zu kommen.
Sie bot ihm die Hand und sagte: „Liebster Herr Doktor!
O, wie vieles tun Sie an uns armen Leuten! Sie be=
suchen mich so gütig, ja Sie haben die Mühe, das Geld zu
überbringen, selbst übernommen. Ich kann Ihnen meinen
Dank nicht genug ausdrücken!" Die hellen Tränen flossen
ihr über die bleichen Wangen; auch der Vater und Katha=
rine hatten Tränen in den Augen.

„Der Frau von Grüntal," sagte der Vater, „werde
ich meinen Dank schriftlich bezeigen, und Katharine wird
an Fräulein Henriette schreiben. Ihnen aber, bester Herr
Doktor, mögen diese unsere Tränen mehr als Worte sagen,
wie innig wir ihm danken!" Dem Doktor ging es sehr zu
Herzen, daß die guten Leute so dankbar waren, obwohl
sie nicht einmal wußten, wieviel er für sie getan habe,
indem er sie der Frau von Grüntal empfohlen hatte. „Lebt
wohl, ihr guten Menschen!" sagte er, und ging, um seine

eigenen Tränen zu verbergen, schnell zur Stubentür hin=
aus.

Als der Vater, Katharine und die Kinder, die den
Doktor vor die Haustüre begleiteten, wieder hereinkamen,
faltete die Mutter die Hände, erhob die nassen Augen zum
Himmel und sprach: „Du lieber Gott! Ja, deine Liebe
ist unendlich. Du hast dich unser erbarmt, und uns aus
unserer Not errettet! Du hilfst immer! Dir wollen wir
stets dankbar sein, und felsenfest auf dich vertrauen. Nur
im Vertrauen auf dich finden wir in allen Leiden einen
sichern Trost. Gib du selbst uns ein rechtes Vertrauen auf
dich in unser Herz, und wir sind selig in dir schon hier
auf Erden, und werden dann immer Ursache haben, dir
zu danken.“ So betete die Mutter, und der Vater und
alle Kinder sagten freudig: „Amen!“

10. Unerwartete Gäste.

Die gute Mutter ward bald wieder ganz gesund, konnte
wieder mit Lust und Freude ihrem Hauswesen vorstehen,
und sich ihrem liebsten Geschäfte, der Erziehung ihrer
Kinder widmen. Der Schullehrer hielt sehr fleißig Schule,
und lebte ganz für seine Kinder, wie er nicht nur seine
eigenen Kinder, sondern auch die Schulkinder nannte. Der
Winter ging ihm bei steter Zufriedenheit und ohne sonder=
liche Sorgen vorüber.

Nun ward es wieder Frühling. Die Bäume waren
zur Freude der Eltern ganz mit Blüten bedeckt; die Kinder
pflückten mit frohem Jubel in dem Wiesengrunde und an
den neubegründeten Hecken gelbe Schlüsselblumen und blaue
Veilchen, und brachten sie den Eltern. Jeden Morgen
weckte sie der liebliche Gesang der Vögel, die auf den

Bäumen und Hecken umher ungestört nisteten; doch weit
über den Gesang aller Vögel ging den kleinen Kindern
der fröhliche Ruf des Kuckucks.

An einem schönen Frühlingstage saß der Lehrer nun
einmal mit seinen neun Kindern, davon die Mutter das
kleinste auf dem Schoß hatte, bei dem Mittagessen. Die
große irdene Schüssel voll Milchsuppe mitten auf dem
Tische ward bald leer. Katharine ging und brachte nun
eine ebenso große, aufgehäufte Schüssel voll dampfender
Erdäpfel, und die Kinder machten sich fröhlich darüber
her. Da klopfte man an der Tür. „Herein!“ riefen die
Kinder alle zusammen und sahen begierig nach der Tür
— und ein liebliches, zierlich gekleidetes Fräulein trat
herein.

„Je, Fräulein Henriette!“ rief Katharine, sprang auf
und eilte ihr entgegen. Alle standen ehrerbietig auf. Katharine und die Eltern fingen an, ihr für das übersendete
Geld nun auch mündlich zu danken, wiewohl sie es schon
schriftlich getan hatten. Allein Henriette sagte: „Ich bitte
euch, schweigt davon, und setzt euch sogleich wieder an den
Tisch. Sonst gehe ich auf der Stelle wieder fort. Wenn
ihr es aber erlaubt, so setze ich mich zu euch und esse mit
euch. Erdäpfel esse ich sehr gern; sie sind eine meiner
Leibspeisen.“

Katharine holte sogleich den besten Strohsessel in der
Stube herbei, brachte einen Teller von Steingut, suchte ein
paar der schönsten Erdäpfel aus, schälte sie, und legte die röt-
lichen Erdäpfel nebst ein paar Messerspitzen voll Salz, auf
den weißen, reinen Teller. Das Fräulein aß sie mit Lust.
Sie war sehr heiter und fröhlich und die lautere Freundlichkeit. Sie hatte an den lieblichen Kindern mit den roten
Wangen und den schönen blonden oder braunen Locken

große Freude. Sie sah mit Vergnügen zu, wie die Kinder, die rund um den Tisch herum saßen, es sich so gut schmecken ließen. „Man weiß gar nicht, welches das schönste und gesündeste ist," sagte sie, „so frisch und rot sind alle. Ihre geringe Kost schlägt ihnen recht gut an, und dabei sind alle recht nett und reinlich gekleidet."

„Gottlob!" sagte die Mutter; „und doch hält es etwas schwer, ihnen diese geringe Kost zu verschaffen, und sie anständig und ordentlich zu kleiden. Sie werden mit jedem Tage größer, und da gibt's mit jedem Tage größere Sor= gen." — „Ei," sagte die fröhliche Henriette lächelnd, „wenn eure Kinder mit jedem Tage kleiner würden, so würde euch dies doch noch die größten Sorgen machen. Seid gutes Muts, und laßt den lieben Gott sorgen."

Als Henriette die Erdäpfel aufgezehrt hatte, sagte sie: „Nun will ich euch Tafelmusik machen." Sie setzte sich an das Klavier, und spielte sehr artig. Als sie bemerkte, daß der Schullehrer mit seinem Gericht Erdäpfel fertig war, bat sie ihn, einen lustigen Tanz zu spielen, nahm das kleinste Kind von dem Schoße der Mutter auf ihren Arm und tanzte, um dem Kinde Vergnügen zu machen, freudig mit ihm in dem Zimmer herum. Das Kleine lachte, und alle Kinder in der Stube fingen an, laut zu lachen. Alle waren sehr fröhlich.

Die Mutter ließ sich indes durch die allgemeine Fröh= lichkeit und die Gegenwart des Fräuleins nicht hindern, an das Tischgebet zu erinnern. Eltern und Kinder beteten nach Tische, und Henriette betete andächtig mit. „Nun," sagte Henriette, „wollen wir auch ein schönes Lied singen. Es gilt auch für ein Gebet. Herr Lehrer, spielen Sie einmal das bekannte Lied mit dem schönen Chor: „Alle gute Gabe kommt oben her von Gott, vom schönen blauen Himmel herab!" Sie fing sogleich an, mit ihrer sehr

lieblichen Stimme, die erste Strophe zu singen: „Im
Anfang war's auf Erden — nur finster, wüst und leer,
und sollt's was sein und werden, mußt' es wo anders her,"
und Katharine, der Lehrer und die Lehrerin sangen den
Chor.

Es war wirklich ein sehr schöner Gesang. Als der
Gesang zu Ende war, trug die Mutter das kleinste Kind,
das schläfrig wurde, in die Nebenkammer, um es in das
Bett zu legen. Kaum war sie zur Seitentür hinaus, so
klopfte man abermals an der Stubentür, und eine vornehme
Frau, sehr schön gekleidet, öffnete die Tür. Sie blieb
einige Augenblicke stillschweigend stehen, und blickte in der
Stube umher. Das helle, reine, freundliche Zimmer schien
ihr zu gefallen; mit sichtbarem Wohlgefallen aber ruhten
ihre Blicke auf den blühenden, reinlich gekleideten Kindern.

Henriette sagte leise zu Katharine, die neben ihr stand:
„Das ist meine Mutter." Katharine näherte sich ihr ehr=
erbietig, der gnädigen Frau die Hand zu küssen. Allein
Frau von Grüntal schlug erstaunt die Hände zusammen
und rief: „Gott im Himmel, was sehe ich! Ich hatte eine
Jugendfreundin, die dir so ähnlich sah, wie eine blühende
Rose der andern. In der Tat, ich meinte in dem ersten
Augenblick, ich sehe sie selbst. Gerade so — so blühend
und ebenso gekleidet, stand sie vor mir, als sie vor vielen
Jahren mir das Leben rettete. So erblickte ich sie, als
ich, aus einer tiefen Ohnmacht erwachend, wieder die Augen
aufschlug. Ihre Gestalt, wie ich sie damals sah, ist mir
unvergeßlich, und immer noch sehe ich sie so." Frau von
Grüntal blickte in der Stube umher, und sagte dann zu
Katharine: „Ist deine Mutter nicht hier? O sage, sie lebt
doch noch, und ist noch gesund?"

Ehe Katharine antworten konnte, kam die Mutter
wieder zur Seitentür herein. Frau von Grüntal betrachtete

sie einige Augenblicke, und rief dann voll des höchsten
Entzückens: „Therese! — Ja, du bist es wirklich! — O,
welche Freude, nach so langer Zeit dich wiederzusehen!“
Die gute Schullehrerin schaute die fremde Frau höchst er=
erstaunt und mit starren Augen an und sagte: „Ich kann
mich nicht sogleich erinnern, Sie einmal gesehen zu haben!“

„Wie?“ sprach Frau von Grüntal, „kennst du denn
deine Leonore nicht mehr? Erinnerst du dich nicht mehr,
wie wir in Lindenberg, in den goldenen Jahren unserer
Kindheit und Jugend zusammen so selige Tage lebten?
Wie du alle Tage zu uns in das Schloß kamst, wie wir
in dem Schloßgarten miteinander strickten, nähten, sangen
und schaukelten, die Blumen begossen? Wie du mich dort
am Springbrunnen, als ich schon halbtot war, aus dem
Wasser gezogen?“

„Ach Gott, Sie sind es!“ rief jetzt die Schullehrerin
vor Erstaunen und Freude fast außer sich. „Welch ein
Glück, Sie wiederzusehen! O viele tausend Male habe
ich an Sie gedacht! Allein ich konnte nie mehr etwas
von Ihnen erfahren!“

„So ging’s mir auch,“ sprach die edle Frau. „O
wie oft, wie unzählige Male habe ich mir gewünscht, meine
geliebte Jugendfreundin wieder um mich zu haben, ja sie
nur noch einmal zu sehen! Allein feindselige Umstände
sind die Ursache, daß wir uns so lange nicht mehr fanden.
Aber, gottlob, daß wir uns nun doch wieder haben! O
komm denn in meine Arme, und sei mir herzlich gegrüßt,
liebe Therese!“ Sie streckte die Arme aus, umfaßte Therese,
drückte sie an ihr Herz, und benetzte ihr Angesicht mit
Tränen. „O weißt du noch,“ sprach sie, „wie traurig wir
zu Lindenberg voneinander Abschied nahmen, als ich mit
meinen Eltern nach Wien reisen mußte? Gott sei ge=
priesen, der uns so unverhofft, so ganz und gar unerwartet

wieder zusammenführte! Da ich schon unter deinem Dache
war, schon in deiner Stube stand, dachte ich nichts weniger,
als dich, liebste Therese, hier zu finden!"

Die Lehrerin weinte auch vor Freuden und sagte:
„Aber wie kommen Sie denn hierher, beste Freundin?
Nicht wahr, so darf ich Sie schon nennen? Auch weiß
ich ja nicht, soll ich Sie noch Fräulein von Lindenberg
— oder gnädige Frau nennen!"

„Jaso," sagte Frau von Grüntal, „das weißt du
noch nicht einmal! Sieh, Henriette hier ist meine Tochter!"

„So sind Sie Frau von Grüntal!" rief die Lehrerin;
„o, so seien Sie mir nun doppelt willkommen! O Gott,
welche wunderbare Fügung!"

„Ja," sagte Frau von Grüntal, „Gott fügte es so.
Er wollte die Ehrlichkeit, die deine Tochter Katharine, und
ihr alle bei dem seltsamen Hopfenhandel bewiesen habt,
nicht unbelohnt lassen. Ohne daß ich wußte, daß du,
liebe Therese, Katharinens Mutter seiest, nahm ich an
deinem Schicksale den innigsten Anteil. Ich erkundigte mich
sonst noch nach dir, nach deinem Manne, deinen Kindern,
und hörte nichts als Gutes von euch. Wirklich reise ich
mit meiner Tochter aus der Residenz nach Grüntal, wo
ich den Frühling zuzubringen gedenke. Als wir oben
vom Berge herab euer kleines Dörflein Steinach unten
im Tale liegen sahen, entstand der Wunsch in mir, eine
so gute, rechtschaffene Familie persönlich kennen zu lernen.
Henriette, die es nie satt wird zu laufen, eilte auf dem
näheren Fußwege voraus. Ich fuhr langsam auf dem
Fahrwege nach. Ich stand eine gute Weile vor der Stuben=
tür, hörte eurem schönen Gesange mit Vergnügen zu,
und wollte, um euch nicht zu unterbrechen, nicht eher
hereinkommen, als bis er zu Ende war. So wunderbar
führte mich Gott wieder in deine Arme, liebste Freundin

meiner Jugend! Doch komm jetzt, liebste Therese, wir
wollen miteinander in den Garten gehen. Wir haben
viel, viel miteinander zu reden.“

Sie wandte sich hierauf zum Schullehrer und sagte:
„Verzeihen Sie, Herr Lehrer, daß ich, ohne Sie kaum
zu grüßen, Ihnen Ihre Frau auf ein Stündchen hinweg=
nehme. Obwohl ich zuerst mit ihr reden muß, habe ich
deshalb gegen Sie, lieber Lehrer, nicht weniger Achtung.
Ich weiß, daß Sie ein sehr edler Mann, ein liebevoller
Vater und Ehegatte, und ein ganz vortrefflicher Lehrer
sind. Ich werde nachher noch mit Ihnen sprechen. Du,
Henriette, teile indes von dem Zuckerbrot, und was sich
sonst noch Geeignetes in unserem Reisewagen findet, unter
die Kinder aus und unterhalte dich indes mit ihnen.“

<hr>

11. Die gute Haushälterin.

Frau von Grüntal ging mit ihrer wiedergefundenen
Freundin Arm in Arm in den Garten. Sie setzten sich auf
die Bank unter dem Apfelbaum, zwischen dessen weißen
und roten Blüten der helle, blaue Himmel freundlich auf
sie herabglänzte.

Zuerst erzählte Frau von Grüntal, wie es ihr seit
dem Tode ihrer Mutter ergangen sei; wie sie bei ihrer
kargen Tante sehr harte Tage gehabt; wie ihr, um Post=
geld, Papier und Siegellack zu sparen, nicht weiter ge=
stattet wurde, einen Brief an Therese zu schreiben; wie
sie in der Folge sich mit Herrn von Grüntal, einem edlen,
vortrefflichen Manne, vermählte, und mit ihm wegen des
Krieges viele Jahre in Prag gelebt habe; wie sie erst nach
hergestelltem Frieden mit ihrem Gemahl in Grüntal an=
gekommen sei, allein ungeachtet aller Erkundigungen nicht

das geringste von Therese habe in Erfahrung bringen können.

Therese erzählte nun auch, was ihr, seit sie Lindenberg verlassen, alles begegnet sei; wie sie zu dem Chorregenten, dem geliebten, verehrungswerten Bruder ihres seligen Vaters gekommen; wie sie da den trefflichen Schullehrer Hermann kennen gelernt, ihn zu ihrem Ehegatten gewählt, und mit ihm in der glücklichsten und zufriedensten Ehe gelebt habe; wie sie in den ersten Jahren ihrer Ehe mit ihren geringen Einkünften vollkommen ausreichte; wie sie unter diesem Baume, unter dem sie eben jetzt sitze, Gott oft für das Glück ihrer Ehe gedankt habe; wie sie erst, da ihrer Kinder gar so viele wurden, anfing Mangel zu leiden, ja, während ihrer letzten Krankheit in wirkliche Not geraten.

„Aber um des Himmels willen, liebste Therese," sprach Frau von Grüntal, „sage mir doch, wie du es anfingst, bei einem Einkommen von ein paar hundert Gulden, und deinen neun lebendigen Kindern, dein Hauswesen so in Ordnung zu halten, und so viele Jahre dich ehrlich durchzubringen?"

„Mich wunderte dies oft selbst," sagte Therese. „Ich denke aber, der Segen Gottes war sichtbar mit uns! Freilich taten wir auch, was wir konnten. Und da traf es denn zu, was mein lieber Mann so oft sagte: Wer auf Gott vertraut, und das Seinige redlich tut, dem kann es nicht fehlen."

Frau von Grüntal sagte: „Ich bin vollkommen überzeugt, daß du deiner Haushaltung mit Einsicht vorgestanden und dir alle erdenkliche Mühe gegeben, sie wohl zu bestellen. Allein ich möchte dieses gern recht ausführlich wissen. Erzähle einmal vom Anfange an."

Die Schullehrerin erzählte: „Sowohl ich, als mein

Mann, waren beide in unserem ledigen Stande sehr spar=
sam. Mein Mann, der sich als Schulgehilfe in der Stadt,
besonders mit Nebenstunden, die er gab, vieles verdiente,
war schon damals kein Freund von Trink= und Spielgesell=
schaften. Er war schon damals auf seine künftige Einrich=
tung und einen Sparpfennig bedacht. Was er Schönes hat,
schaffte er sich schon in jenen Zeiten an. Jetzt dürfte er nicht
mehr daran denken, sich ein Buch, ein Bild, oder gar ein
Klavier zu kaufen. So sah auch ich anstatt auf unnützen
Putz und Flitterstaat nur darauf, mir Flachs, Leinwand,
Betten und dergleichen zu erwerben, was uns späterhin
sehr gut kam. Auch legten wir sogleich anfangs unserer
Haushaltung, wo uns von unserem kleinen Einkommen
bei unserer Sparsamkeit das Jahr hindurch immer einiges
wenige übrigblieb, dieses sorgfältig zurück. Mancher
Pfennig, den wir damals ersparten, ward für uns in der
Folge ein wahrer Notpfennig."

Frau von Grüntal sprach: „Das war sehr klug!
Allein es ist mir noch immer ein Geheimnis, wie du mit
so wenigem so weit reichtest. Ich habe wohl mehrmals im
allgemeinen gehört, die Haushaltungskunst bestehe in den
zwei Stücken, daß man seine Einnahme vermehre und die
Ausgabe vermindere. Nun sage einmal, wie fingst du
das erste an?"

Die Schullehrerin sprach: „Wir bemühten uns aller=
dings, unsere geringen Einkünfte auf eine rechtliche Weise
zu vermehren. Zwar, was wir an Geld, Getreide und
Holz zur Besoldung hatten, das mußte natürlich bleiben,
wie es war. Allein die Dienstgründe waren einer großen
Verbesserung fähig. Mein Mann hatte den Grundsatz:
Benütze, was da ist. Der Grasboden hier war, zumal
wenn der Sommer heiß und trocken war, dürr und wie
verbrannt; der Platz vor unserm Hause hingegen glich,

besonders bei nasser Witterung, einem Sumpfe. Mein
Mann fand dort am Hügel eine kleine Quelle, die in das
Dorf floß und vor unserem Hause, wo sie keinen rechten
Abfluß hatte, den Boden zu einem Moraste machte. Er
leitete die Quelle so, daß sie den Teil des Gartens hier,
der für Gras und Bäume bestimmt ist, reichlich wässert.
Er prangt deshalb auch, wie Sie sehen, mit dem frischesten
Grün und den fruchtbarsten Bäumen. Obwohl der vorige
Schullehrer kaum eine magere Kuh erhalten konnte, so
können wir nun zwei sehr schöne Kühe halten, die unsere
Haushaltung hinreichend mit Milch und Butter versehen.
Der Sumpf vor dem Hause, der sonst ungesunde Dünste
aushauchte, trägt nun gesundes Obst. Der Teil des Gar=
tens, der mit Gemüse angebaut ist, kam uns in der Haus=
haltung sehr wohl. Er bringt aber viel mehr Gemüse her=
vor, als wir nötig haben. In dem Dorfe können wir
davon freilich wenig anbringen. Allein mein Mann machte
ausfindig, welche feinere Gemüsearten hier vorzüglich ge=
deihen. Er baut besonders feinen Blumenkohl, und die
Leute in der Stadt reißen sich darum und bezahlen ihn
sehr gut. Das meiste bringen uns die Obstbäume ein, die
mein Mann schon vor fünfzehn Jahren gepflanzt oder
veredelt hat. Für ein Haus, wo viele Kinder sind, ist ein
Obstgarten eine große Wohltat. Allein nicht nur der Ge=
nuß, auch der Verkauf des Obstes kam uns sehr gut. Der
einzige schöne Apfelbaum, unter dem wir sitzen und der
gar prächtige Äpfel trägt, brachte uns in manchem Jahre
schon bis zehn Taler ein. Auch aus der Baumschule von
veredelten Stämmen gewannen wir manchen Gulden. Die
Bienen dort, die in dem Garten und an dem nahen Berge
überreichliche Nahrung finden, gewährten uns fast alle
Jahre eine reiche Ernte an Honig und Wachs, wofür wir
nicht wenig Geld einnahmen. Mein Mann bemerkte, daß

an der Gartenhecke der Hopfen von selbst wachse, und sehr
gut fortkomme. Da kam er auf den Gedanken, den Hügel
da, der zu unserem Garten gehört, und meistens mit
Dornen bewachsen war, in einen Hopfengarten umzu=
schaffen. Der Versuch gelang herrlich. So wurde uns der
Garten, wenn auch nicht zu einem Goldbergwerke, doch zu
einer kleinen Silbergrube. Mein Mann gibt sich aber sonst
noch alle erdenkliche Mühe, etwas zu verdienen. Er geht
wöchentlich zweimal eine Stunde weit über Feld, die Kin=
der der Gutsherrschaft zu Steinberg im Singen und
Klavierspielen zu unterrichten, und wird dafür sehr groß=
mütig bezahlt. Auch schreibt er Musikalien ab, und seine
Noten sind so schön, als wären sie gestochen; und da schickt
ihm denn der Chorregent ganze Päcke zum Abschreiben,
und verschafft ihm so einen ansehnlichen Verdienst. Wem
es nicht an Geschicklichkeit und gutem Willen fehlt, der
findet immer Gelegenheit, etwas zu verdienen."

„Ich suchte nun auch das meinige redlich beizutragen.
Ich löste manchen Groschen aus jungen Kohlpflänzchen,
aus allerlei Sämereien, aus Blumen, besonders aber aus
Rosmarinzweigen, womit sich hierzulande die Hochzeits=
gäste zieren. Da der Bach nicht weit entfernt ist, so zog
ich junge Gänse, die mir nicht wenig eintrugen. Die klei=
neren Kinder mußten sie abwechselnd hüten und nebenbei
stricken. Die Kinder hatten an den niedlichen, gelbhaarigen
Geschöpfen große Freude, und taten es gern. Wollte es
ihnen auch manchmal ein wenig langweilig vorkommen,
so machte das Versprechen des Martinsbratens ihnen neue
Lust dazu. Ich nähte, stickte und strickte früh und spät.
Auch wenn ich um das Dorf mit meinem Manne zuzeiten
spazieren ging, legte ich das Strickzeug nicht aus der Hand."

„Sobald die Kinder nur ein wenig herangewachsen

waren, mußten sie unausgesetzt beschäftigt sein. Sie
spannen, strickten, jäteten auf den Gartenbeeten, reinigten
Gartengesäme, hülsten Bohnen aus; kurz alle mußten,
jedes nach seinen Kräften, zu unserm Lebensunterhalte
beitragen. Draußen am Berge gerieten im letzten Herbst
die schönen, scharlachroten Hagebutten, dahier Hagebutzen
genannt, sehr gut. Eine ganze Strecke des Berges war
rot davon. Die Leute im Dorfe achteten sie wenig. Allein
meine Kinder mußten sie mir sammeln, und brachten ganze
Körbe voll davon nach Hause. Ich zerschnitt sie, und die
Kinder mußten sie von den Kernen reinigen, und wir
lösten in der Stadt mehrere Gulden daraus. So haben
wir durch Fleiß und Tätigkeit den kleinen Ertrag unseres
Dienstes beinahe verdoppelt."

Frau von Grüntal sprach: „Das habt ihr vortrefflich gemacht. Allein ich bin nun um so begieriger zu
hören, wie ihr das zweite Stück der Kunst, Hauszuhalten,
in Anwendung gebracht habt. Wie habt ihr durch Sparsamkeit eure Ausgaben verringert?"

Die Lehrerin sagte: „Wir gaben keinen Heller unnütz
aus. Wir begnügten uns mit einfacher Hausmannskost.
Leckerhafte Speisen, die viel kosten und wenig nähren,
kamen nie auf unsern Tisch. Unsere Kinder wissen nichts
von Zuckerwerk und ähnlichen Näschereien. Fremde Gewürze kamen nicht in meine Küche. Unsere Gewürze sind
Kümmel von unseren Wiesen, Petersilie, Schnittlauch und
Zwiebeln aus unserem Garten; das beste Gewürz aber ist
der Hunger, der uns bei unserm arbeitsamen Leben nie
fehlt. Mein Mann ging nie zum Weine; ich trank nie
Kaffee. Bier tranken wir nur selten. Dafür aßen wir,
besonders im heißen Sommer, miteinander saure Milch,
die gesünder ist und besser schmeckt als das Bier, wie es
hier bei uns auf dem Lande zu haben ist. Mein Mann

raucht und schnupft nicht. „Wenn ich des Tages," sagte
er, „auch nur für einen Pfennig verbrauchte, so machte es
des Jahres doch einen Taler und in zehn Jahren zehn
Taler!" Gerne berührt er zuweilen die wohlriechenden
Gewächse im Garten oder auf unsern Fenstersimsen mit
den Fingern und riecht daran. „Das ist," sagt er, „der
wohlfeilste und lieblichste Schnupftabak." Noch viel weniger
raucht er. „Wenn ich des Tages auch nur für einen
Kreuzer Rauchtabak brauchte," sagt er, „so machte das,
die Pfeifen und anderes Gerät nicht einmal gerechnet, in
einem Jahre sechs, und in zehn Jahren sechzig Gulden,
was immerhin ein Kapital ist, mit dem sich schon etwas
anfangen läßt." Wir kleideten uns schlecht und recht;
überflüssige Kleiderpracht verabscheuten wir. Alle Kleider
für mich und meine Mädchen machte ich selbst, ja auch
manches Kleidungsstück für meinen Mann und die Knaben.
Wir schonten unsere Kleider so viel als möglich. Meine
Kinder mußten ihre Sonntagskleider, sobald sie von der
Kirche, von einem Besuche oder Spaziergange nach Hause
kamen, sorgfältig ablegen und aufbewahren. So blieben
die Kleider lange hübsch und schön. Der kleinste Schaden,
den ich daran bemerkte, wurde auf der Stelle ausgebessert,
um größeren Schaden zu verhüten. Die alten Kleider, die
ich und mein Mann nicht mehr anziehen konnten, machte
ich unsern Kindern zurecht, wie ich es mit Katharinens
Strohhut gemacht hatte. Manches Kleidungsstück, aus dem
das älteste Kind herausgewachsen war, machte nach und
nach die Wanderung bis auf das jüngste. So benützte ich
jedes Kleid bis auf den letzten Faden. Auch an den Haus=
geräten ersparten wir vieles. Was nicht nötig war, kauf=
ten wir nicht, und wäre es auch noch so wohlfeil gewesen.
Was wir hatten, suchten wir, vorzüglich durch eine gute
Hausordnung zu erhalten. In einer unordentlichen Haus=

haltung geht manches nützliche Stückchen durch Nachlässig=
keit zugrunde. Geschirre werden zerbrochen, Gartenwerk=
zeuge, die man im Freien liegen läßt, verwittern oder
werden gestohlen; die Kinder nehmen, wenn nicht wohl
aufgeräumt wird, was sie erhaschen können, zu Spielzeug,
und verderben es. Viele Zeit geht auch mit Suchen ver=
loren. Bei uns muß alles seine angewiesene Stelle haben,
wo es vor Schaden sicher ist, und wo man es jeden Augen=
blick zu finden weiß. Mein Mann hob jedes Stückchen
Papier, ich jedes Fleckchen Leinwand und jedes Trümmchen
Faden auf. Noch muß ich bemerken, daß die Reinlichkeit,
die kein Geld, sondern nur eine beständige Aufmerksamkeit
kostet, mir doch vieles Geld ersparte. Nicht nur ward
manches, das leicht hätte durch Schmutz verderbt werden
können, erhalten; ich schreibe es vorzüglich der Reinlich=
keit zu, daß unsere Kinder — die gewöhnlichen Kinder=
krankheiten ausgenommen — immer frisch und gesund
blieben. So könnte ich noch hundert Dinge sagen, allein
ich sprach davon wohl schon zuviel."

„Ganz und gar nicht," sprach Frau von Grüntal.
„Ich könnte dir noch lange zuhören. Kluge Hauswirt=
schaft und weise Sparsamkeit kann sowohl den höheren als
niederen Ständen nicht genug empfohlen werden. So gut
du dich aber in deine Lage zu schicken mußtest, so mußte
deine Dürftigkeit dir doch oft recht hart fallen?"

„Freilich," sagte die Lehrerin, „war unsere beschränkte
Lage für uns manchmal sehr beschwerlich und drückend;
allein sie hatte doch auch viel Wohltätiges für uns. Wir
waren genötigt, immer tätig und arbeitsam zu sein, und
unsere Kräfte blieben in beständiger Übung. Das war
uns allen gewiß sehr heilsam und der Grund manches
Guten. Unsere Dürftigkeit bewahrte uns auch vor mancher
Torheit, wozu Überfluß uns leicht hätte verleiten können.

Die Sorgen, die uns von Zeit zu Zeit plagten, dienten aber vorzüglich dazu, daß wir öfter an Gott dachten, herzlicher zu ihm beteten, mehr auf ihn vertrauten und dann auch seine Hilfe in der Not oft recht sichtbar wahrnahmen. Dadurch wurden wir frömmere und bessere Menschen. Ich bin so fern davon, zu klagen, daß ich es vielmehr mit Dank erkenne, Gott habe es mit uns wohl gemacht; ja, ich lobe und preise ihn dafür, daß er uns in diese dürftige Lage versetzt hat."

„Allein," fügte die Lehrerin noch bei, „seit einiger Zeit scheint es mir doch, daß wir uns dahier in die Länge nicht mehr werden behaupten können. Ich bin nicht mehr so gesund und kräftig, als in früheren Jahren; und dann ist die Zahl unserer Kinder für unsere kleinen Einkünfte doch zu groß. Es kommt jetzt bald die Zeit, wo die Knaben eine Kunst oder ein Handwerk lernen sollten; auch die Mädchen sollten mit der Zeit eine Aussteuer haben. Allein woher sollen wir das Geld dazu nehmen? Ich rede oft mit meinem Manne darüber, und bin oft recht bekümmert, so sehr er auch mich aufzuheitern und mir guten Mut zu machen sucht. Wir waren dahier zwar immer zufrieden und vergnügt, geschätzt und geliebt. Es wäre aber doch zu wünschen, daß mein Mann, vorzüglich unserer Kinder wegen, eine einträglichere Stelle erhielte!"

„Nun, meine liebste Therese," sprach Frau von Grüntal, „das wird auch noch werden. Sei du nur getrost und glaube mir, der liebe Gott hat schon Vorsorge für dich getroffen. Wenn das Plätzchen auf Erden, das er uns anwies, nicht mehr für uns taugt, so bereitet er uns ein anderes. Das müssen wir seiner Güte zutrauen. Auch habe ich bemerkt, wenn ein Mann seine Berufspflichten mit Treue erfüllt und sich mit seinem geringen Gehalte begnügt, so zieht ihn Gott hervor, und stellt ihn an einen Platz, wo

er noch mehr Gutes stiften kann, und dann auch mehr Ein=
kommen erhält. Das wird bei deinem lieben Manne auch
zutreffen. Sei also ruhig und gedulde dich noch ein wenig."
Sie stand auf, um mit Therese in das Schulhaus zurück=
zugehen.

12. Die beglückte Familie.

Während die beiden Freundinnen unter dem blühenden
Apfelbaume die Zeit unter vertraulichen Gesprächen sehr
vergnügt zubrachten, hatte Fräulein Henriette sich in dem
Zimmer mit den Kindern sehr angenehm unterhalten. Hen=
riette hatte aus dem Reisewagen eine Schachtel mit Konfekt
geholt, und den Kindern davon ausgeteilt. Die kleineren
Kinder hatten über die künstlich geformten und schön ge=
färbten Zuckerwaren, dergleichen sie noch nie gesehen hatten,
eine große Freude; sie konnten kaum glauben, daß diese
schönen Schäflein, Schäfer und Schäferinnen, diese nied=
lichen, kleinen Blumenkränzchen und Körbchen voll Früchte
zum Essen bestimmt sein sollten.

„Nein, nein," riefen einige, „wir essen sie nicht, es
wäre ja schade dafür."

„Ich gebe mein schönes Blumenkränzlein der Mutter,"
sagte die kleine Luise; „die Mutter muß es mir in ihrem
Kasten aufheben."

Marie betrachtete ihr schön kandiertes Körbchen voll
Früchte, die kaum größer als Erbsen waren, sehr auf=
merksam, und rief: „O weh, über diese schönen Äpfelein
ist der Reif gekommen; sie sind ganz mit Eis überzogen."

Der kleine Anton sprang zum Vater und zeigte ihm
das schöne Schäflein, das er bekommen hatte und fragte, ob
man es zuvor braten müsse, ehe man es esse. Karl aber

hatte zum Entsetzen der übrigen Kinder seiner schönen
Schäferin sogleich den Kopf abgebissen und versicherte, er
schmecke sehr gut.

Die kleine Lotte stand an einem Sessel, klaubte die
kleinen roten und weißen Zuckerplätzchen sorgfältig aus=
einander; die roten aß sie, die weißen aber legte sie be=
dächtig beiseite. „Was machst du da," fragte Henriette,
„warum ißt du die weißen nicht?"

„Ach," sagte das Kind, „die sind ja noch nicht reif;
man hätte sie noch nicht abpflücken sollen." Alle Kinder
lachten. Das beschämte Lottchen aber errötete, und fing
über den Spott seiner Geschwister beinahe an zu weinen.
Henriette aber tröstete sie und sagte: „Sei du ruhig, liebes
Lottchen! Irren kann man sich leicht. Das ist mir selbst
schon begegnet, und deine Schwester Katharine kann es
mir bezeugen. Du verdienst deshalb keinen Spott! Nicht
wahr, man hat dir verboten, von den Erdbeeren und
Johannisbeeren zu essen, bevor sie nicht reif und schön rot
wären! Indem du nun mit den Zuckerzeltchen da dich
irrtest, zeigtest du doch deinen Gehorsam. Das macht
deinem Herzen Ehre; du bist ein sehr gutes Kind!"

Katharine hatte indessen für die Frau von Grüntal
und Fräulein Henriette einige ländliche Erfrischungen auf=
getischt. Sie hatte den Tisch mit einem reinen blendend
weißen Tischtuche gedeckt, und brachte nun eine Schale
mit süßer und eine Schale mit saurer Milch, schöne gelbe
Butter auf einem reinen Teller, und eine kleine Schale mit
Honig, hell und klar, wie durchsichtiges Gold. Ferner
brachte sie auf einem Teller gutes, kräftiges Hausbrot,
und auf einem Teller von dem weißen Brot, das Henriette
gebracht hatte, auch ein paar kleine Körbchen mit Äpfeln,
die so schön rot und gelb waren, daß man sie nicht schöner
hätte malen können. In die Mitte des Tisches stellte sie

einen großen, schönen Blumenstrauß. Die Geschirre waren freilich nur von Ton und die Löffel nur von Blech, aber alles höchst reinlich.

Frau von Grüntal trat jetzt mit ihrer wiedergefundenen lieben Therese in das Zimmer, und lobte die wohlangeordnete ländliche Tafel. „Die Landleute sind doch glücklich," sagte sie, „sie bekommen die köstlichsten Geschenke der Natur — Milch, Butter, Honig, Obst, — sogleich aus der ersten Hand; die Städter müssen dieselben teuer bezahlen und erhalten sie für ihr teures Geld doch oft lange nicht so gut! Auch sind die köstlichsten Zuckerwaren und dergleichen Dinge, die von Menschenhänden zubereitet werden, nichts gegen die Gaben aus der Hand Gottes — zum Beispiele gegen diese herrlichen Äpfel in den Körbchen."

Frau von Grüntal setzte sich mit Therese, die ihr immer zur Seite bleiben mußte, an den Tisch. Henriette setzte sich neben Therese, die Freundin ihrer Mutter. Der Lehrer blieb ehrerbietig in einiger Entfernung stehen. Allein Frau von Grüntal sagte mit großer Freundlichkeit zu ihm: „Kommen Sie, Herr Lehrer, und setzen Sie sich hierher an meine Seite; wir haben uns ja noch gar nicht gesprochen, und ich habe vieles mit Ihnen zu reden. Ich habe Ihnen einen Vorschlag zu machen, der, wie ich hoffe, Ihnen gefallen soll, und den Ihre Frau, wie ich bereits merkte, nicht übel finden wird. Ich rühre von den Erfrischungen hier, womit Katharine uns so reichlich bewirtet, nichts an, bevor ich über diesen Vorschlag mit Ihnen ins reine gekommen bin."

Der Lehrer setzte sich und Frau von Grüntal sprach nun weiter: „Mein Mann war schon lange her darauf bedacht, der Schule zu Grüntal eine bessere Einrichtung zu geben. Allein er wollte dem guten, alten Lehrer nicht wehe tun. Dieser fühlt aber seine Altersschwäche nunmehr

selbst, und wünscht in Ruhe gesetzt zu werden. Er kam be=
reits um ein Gnadengehalt ein, und mein Mann ist ge=
sonnen, dem guten Greise alles, was er an barem Gelde,
Getreide und Holz von dem herrschaftlichen Rentamte be=
zog, zu lassen; den neuen Schullehrer aber doch so zu stellen,
daß er zufrieden und sorgenfrei leben kann. Es war nun
die größte Angelegenheit meines Mannes, einen solchen
Lehrer ausfindig zu machen, der Kenntnisse und guten
Willen genug hätte, die Schule von Grüntal in einen
besseren Stand zu bringen. Denn mein Mann ist überzeugt,
daß er seinen Untertanen nicht leicht eine größere Wohl=
tat erweisen könne. Der fast lächerliche Irrtum mit der
Hopfenrebe machte uns zuerst auf Sie aufmerksam, Herr
Lehrer. Der Brief, den Katharine an meine Tochter Hen=
riette schrieb, gefiel uns allen ungemein wohl. Zu gleicher
Zeit kam ein Schreiben von dem Herrn Doktor, den Ka=
tharine damals zu ihrer kranken Mutter gerufen hatte. Er
versicherte, Ihre Tochter Katharine habe den Brief selbst
geschrieben, und machte von Ihrer ganzen Familie eine
sehr empfehlende Schilderung. Mein Mann sprach: „Der
Lehrer, der seine Kinder solche Briefe schreiben lehrt, und
dabei so grundehrlich ist, muß ein vortrefflicher Lehrer
und ein sehr guter Mensch sein." Mein Mann schrieb so=
gleich an den Doktor, und bat ihn um nähere Nachrichten.
Dies war die Ursache, warum der Doktor zur Schulprüfung
gekommen. Er war davon entzückt, und machte eine aus=
führliche Beschreibung davon, die meinen Mann ganz be=
geisterte. Der Doktor berichtete auch, daß Sie, lieber Herr
Lehrer, sich nicht nur um die Schule, sondern in gar vieler
Hinsicht um das ganze Dorf sehr verdient gemacht haben.
Ich habe das Dorf Steinach vor etwa zwanzig Jahren ge=
sehen; allein ich hätte es jetzt nicht mehr gekannt. Vorhin
lag es fast kahl und öde zwischen seinen Felsen und waldigen

Bergen da. Jetzt ragen nur mehr der Kirchturm und die
Dächer der Häuser aus einem Wäldchen von Fruchtbäumen
hervor. Es sind mehrere Hopfengärten angelegt. Die Haus=
gärten sind alle wohl mit Gemüse bebaut, und in jedem
befindet sich ein Bienenstand. Die Bewohner des Dorfes,
die vorhin etwas untätig und saumselig waren, sind nun,
von Ihrem Beispiele, Herr Lehrer, angefeuert, so fleißig,
wie die Bienen. Auch du, liebste Freundin, sprach sie zur
Lehrerin, hast hier sehr viel Gutes gestiftet. Da der Acker=
bau in diesem engen Tale die Leute nicht hinreichend be=
schäftigt, so führtest du das Spitzenklöppeln und Musselin=
sticken ein, womit die Leute jetzt vieles verdienen. So
arm ihr beide, du und der Herr Lehrer sind, so habt ihr
doch sehr viel getan, das Dorf zu bereichern. Ohne daß
der Name „Industrieschule" jemals in dem Dorfe genannt
wurde, hatte es eine der vorzüglichsten Schulen dieser Art
— für die Baumzucht, den Gartenbau, die Bienenzucht
und mancherlei nützliche Arbeiten, die durch eure Betrieb=
samkeit sehr in Flor gekommen. — Auf die günstigen
Berichte des Doktors, die ich jetzt alle bestätigt finde, war
der Entschluß meines Mannes sogleich gefaßt. Es hatten
sich zwar viele um den Schuldienst zu Grüntal gemeldet.
Allein mein Mann sagte: „Hermann und kein anderer
soll Schullehrer in Grüntal werden, wenn er anders Lust
dazu hat." Da ich nun eben nach Grüntal reise und die
Straße so nahe an Ihrem Dörflein vorbeiführt, so wollte
ich mir die Freude machen, Ihnen diese Nachricht selbst
zu überbringen. Denn ich zweifle nicht, dieser Schuldienst
werde Ihnen angenehm und ganz angemessen sein. Grün=
tal ist ein sehr freundlicher Ort. Das Schulhaus ist neu
gebaut, sehr bequem und geräumig, und der Garten daran
ist groß und schön. An Gehalt bekommen Sie dreimal so
viel, als Sie hier haben. Ich denke, Sie werden den

Dienst nicht ausschlagen. So ist dann für Ihre lieben Kinderchen gesorgt, und alle Kinder in ganz Grüntal werden sich freuen, einen so guten Lehrer zu bekommen. Mir aber wird dann die große Freude, meine geliebte Jugendfreundin Therese wieder in meiner Nähe zu haben; und auch meine Tochter Henriette wird an Katharine eine so liebenswürdige Gespielin finden, wie es ihre Mutter Therese mir in meiner Jugend war. Nun erklären Sie sich, lieber Herr Lehrer, was ist Ihre Gesinnung?"

Der gute Lehrer war über dieses Anerbieten so erfreut als überrascht; die hellen Tränen standen ihm in den Augen, und er konnte in den ersten Augenblicken keine Worte finden, seine Freude auszudrücken. „Welch ein Glück," rief er endlich, „welche wunderbare Hilfe vom Himmel, eben da wir sie am nötigsten hatten! Ja, ver= ehrungswürdige, gnädige Frau, ich nehme Ihr Anerbieten mit Freude und dem innigsten Danke an. Ich werde mich bestreben, alle meine Pflichten auf das gewissenhafteste zu erfüllen, und Ihnen und dem gnädigen Herrn meinen Dank mehr durch die Tat als durch Worte zu bezeigen."

Die Schullehrerin brach in Freudentränen aus. Die kleine Lotte, die neben ihr stand, sagte: „Warum weinst du denn, liebe Mutter? Die gnädige Frau ist ja recht freundlich! Sie zankt ja nicht mit dir! Weine nicht, sonst muß ich auch weinen!"

Die Mutter aber sagte zu der Frau von Grüntal: „O wie selig bin ich, daß ich Sie, beste, gnädige Frau, wieder gefunden habe, und daß Sie noch immer so gütig, so liebreich, so leutselig, so anspruchslos und bescheiden sind, als Sie es schon damals in Lindenberg waren. Wie freue ich mich, daß ich nun in Ihrer Nähe leben werde! Wie gütig hat der liebe Gott für mich und meine Kinder gesorgt. Wie weiß er alles am Ende recht zu machen!"

Frau von Grüntal sagte: „Es ist eine augenschein=
liche Fügung Gottes, daß wir einander wieder fanden,
und daß der Schuldienst zu Grüntal deinem Manne zu=
gedacht war, ehe ich wußte, er sei dein Mann. — Ach, ich
habe mich beständig darnach gesehnt, dich in meinem Leben
nur noch einmal zu sehen! Ich wünschte von ganzer Seele,
jetzt, da mich Gott mit zeitlichen Gütern gesegnet hat, doch
auch etwas für dich tun zu können, und dir, der Retterin
meines Lebens, meinen Dank zu bezeigen. Wie erfreut,
wie erstaunt war ich daher, als ich unter dieses dein Stroh=
dach kam, und erst Katharine, dein treues Ebenbild, und
dann dich selbst erblickte! Gewiß, meine Freude ist so
groß, als die deinige. Nicht nur du, liebe Therese, und
dein Mann und deine Kinder haben Ursache, Gott zu
danken; auch ich, mein Mann und meine Kinder, ja ganz
Grüntal müssen diese Fügung als eine göttliche Wohltat
erkennen, und werden Gott nach vielen Jahren noch da=
für zu danken haben. Der Irrtum mit der Hopfenrebe
war in der Tat ein glücklicher Irrtum!"

„Nun," rief Henriette, die immer fröhlich und heiter
war, „das freut mich, daß ich mit jenem Hopfenhandel so
viel Gutes stiftete! Ich wurde damals viel darüber ge=
tadelt; nun muß ich, da es sonst niemand tut, mich schon
selbst ein wenig loben! Wenn ich jenes Hopfengewinde
nicht so teuer bezahlt hätte, so wären alle die glücklichen
Folgen unterblieben, die aus jenem Handel entstanden sind.
Mama hätte ihre Freundin nicht gefunden, und wir be=
kämen keinen so trefflichen Schullehrer nach Grüntal."

Allein Frau von Grüntal sagte: „Diese glücklichen
Folgen kommen gar nicht auf deine Rechnung, meine
liebe Henriette, und du darfst dich des erfreulichen Aus=
gangs dieser Geschichte nicht rühmen. Dein Irrtum bleibt
Irrtum, und deine unbesonnene Handlung unbesonnen.

Allein, nichts verherrlicht die Vorsehung Gottes so sehr, als daß sie auch unsere Unbesonnenheiten zum besten zu leiten weiß, ja, daß nicht selten unsere unüberlegten Handlungen zu unserem Glücke ausschlagen, während unsere wohlbedachten Unternehmungen oft zu nichts werden, oder manchmal uns gar zum Schaden gereichen. So zeigt Gott, daß er die menschlichen Begebenheiten lenke; so erkennen wir, daß wir bei allem, was wir tun und vorhaben, unser erstes Vertrauen auf ihn setzen, und alle Ehre ihm allein geben sollen. — Damit aber will ich ganz und gar nicht dich, meine noch immer etwas leichtsinnige Henriette, in deinem unbesonnenen Wesen bestärken. Leichtsinn und Unbesonnenheit bringen ihrer Natur nach immer traurige Folgen, und wenn Gott freudige Begebenheiten daraus entstehen läßt, so ist es lediglich seine Gnade und Erbarmung. Wir wollen daher immer bedachtsam und mit Überlegung handeln und dann den Erfolg Gott anheimstellen."

Frau von Grüntal sagte nun dem Schullehrer noch, daß er so bald als möglich nach Grüntal ziehen, und ihr den Tag, an dem er von Steinach abreisen werde, berichten solle; sie werde dann ihn mit seiner Frau, seinen Kindern, und sämtlichem Hausrate abholen lassen. Sie versicherte ihn noch einmal, er werde mit seiner Frau in Grüntal gewiß vergnügt leben. „Ganz gewiß," sagte sie, „werden Sie wegen des Guten, das Sie sicher dort stiften werden, allgemein geschätzt und geliebt sein, und dort auch Gelegenheit finden, Ihre Kinder gut zu versorgen."

Frau von Grüntal nahm nun von Therese sehr zärtlich Abschied auf ein baldiges, frohes Wiedersehen, wünschte mit der ihr eigenen Freundlichkeit dem Lehrer und den Kindern indessen wohl zu leben, und ging mit Henriette, von der ganzen hoch beglückten Familie des Schullehrers begleitet, zu ihrem prächtigen Reisewagen, der zum Er-

staunen aller Einwohner des Dorfes nicht weit von der
Haustüre des armen Schullehrers hielt.

Bevor Henriette in den Wagen stieg, sagte sie zu
Katharine: „Noch eines hätte ich bald vergessen! Ich war
so unartig, dir bei der größten Sonnenhitze deinen Hut
vom Kopfe zu nehmen; überdies war dir der Hut, als ein
Geschenk deiner geliebten Mutter, doppelt lieb und wert.
Ich bringe dir ihn aber hiemit wieder zurück.“

„Ist's möglich!“ rief die überraschte Katharine; „sind
denn die schönen Hopfenblüten und die hübschen grünen
Blätter in dieser langen Zeit nicht verdorrt?“

Henriette klatschte in die Hände, lachte und rief: „Nun
haben wir einander nichts mehr vorzuwerfen! Ich sah
jene natürliche Hopfenrebe für eine künstliche an, und du
siehst nun ebenso diese künstliche für eine natürliche an. —
Ich ließ, sobald ich damals in der Stadt ankam, jenen
Hopfenzweig, den ich dir eben nicht am wohlfeilsten abgekauft hatte, der aber indessen längst verdorrt ist, von
einer Blumenmacherin genau nachbilden und mit dieser
künstlichen Nachbildung mache ich dir nun ein Geschenk.
Bewahre dieses Hopfenreis so auf, als wäre es ebendas-
selbe, mit dem einst deine Hand diesen Hut umschlang,
das aber in der Hand Gottes ein Mittel wurde, mehrere
erfreuliche Begebenheiten in eine zu verschlingen und uns
allen große Freude zu bereiten.“

„Das gnädige Fräulein hat ganz recht,“ sagte der
Schullehrer; „bewahre dieses Hopfengewinde sorgfältig auf,
liebe Katharine, zur Erinnerung an Gottes Güte und
Barmherzigkeit. Er hat durch jenes Hopfenzweiglein, das
wir hier so kunstreich nachgemacht sehen, große Dinge an
uns getan!“

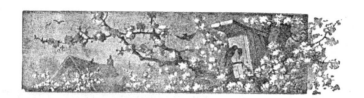

Das Rotkehlchen.

Martin Frank war ein tapferer Kriegsmann, der viele Jahre gedient, mehrere Feldzüge mitgemacht, und für sein Vaterland rühmlich gekämpft hatte. Als er aus dem Felde zurückkam, waren seine dürftigen Eltern bereits gestorben. Sie hatten ihm nichts hinterlassen, als ein baufälliges Wohnhäuschen und einen kleinen Baumgarten dabei. Der brave Mann befand sich nun in einer sehr traurigen Lage. Seine Wunden hatten ihn zu schweren Arbeiten untauglich gemacht. Er war sehr bekümmert und sann Tag und Nacht ernstlich nach, wie er sich ehrlich ernähren wolle. Da bemerkte er eines Tages in dem nahen Walde, daß die vielen Stöcke und Wurzeln der abgehauenen Maßholderbäume sehr schönes Maserholz lieferten, aber wenig geachtet wurden und unbenützt im Walde verfaulten. Er versuchte sogleich, aus diesem Holze Tabaksdosen und Pfeifenköpfe zu verfertigen, und brachte es zu einer ungemeinen Geschicklichkeit; besonders fanden die Pfeifenköpfe, die aus dem schönsten Maser zierlich geschnitzt und glänzend poliert waren, großen Beifall und reißenden Abgang. Mancher vornehme Herr zog einen solchen schön mit Silber beschlagenen Pfeifenkopf sogar einem von Meerschaum vor.

Der fleißige Mann arbeitete die ganze Woche hindurch unermüdet in seiner Werkstätte, oder holte sich Maserholz aus dem Walde, und war dabei nicht viel besser gekleidet, als ein Taglöhner. Allein des Sonntags erschien er in seiner grünen Uniform mit roten Aufschlägen, und mit seiner silbernen Ehrenmünze an der Brust, ging morgens, indem er sich, wegen seines etwas gelähmten Fußes, auf seinen Korporalstock stützte, in gemessenem Schritte zur Kirche, und abends auf eine oder längstens zwei Stunden in den Gasthof. Er hatte noch immer in Gang und Ge= bärde etwas Kriegerisches, und trug auch seinen Schnurr= bart noch. Wegen seiner Rechtschaffenheit, Erfahrung und Ordnungsliebe wurde er allgemein geachtet. Er gelangte durch seinen Fleiß und seine kluge Sparsamkeit zu einem nicht unbedeutenden Vermögen. Denn er war keiner von denjenigen, die sogleich großen Aufwand machen, wann sie gute Geschäfte gemacht haben, und da meinen, es werde immer so gehen. Unter anderem ließ er sein altes, höl= zernes Haus, das ein wohlhabender Mann hätte nieder= reißen und neu bauen lassen, bloß ausbessern; wußte es aber so gut herzustellen, daß er sehr gut und bequem darin wohnte, und daß es sich mit der braunen Holzfarbe, den erneuten, runden Fensterscheiben und dem glänzenden Fensterblei, zwischen den hohen Birnbäumen und weit= ausgebreiteten Apfelbäumen des Gartens sehr gut aus= nahm. Er verheiratete sich, erzog seine Kinder, einen Sohn und eine Tochter, sehr gut, und versorgte sie auch sehr gut. „Wer es nicht an Fleiß fehlen läßt, dem fehlt es nie an dem nötigen Auskommen," sagte er öfter. „Auch die kleinste Kunst ernährt ihren Mann. Tu' das Deine getreu und vertrau' auf Gott, so wird Gott auch das Seinige tun, und es dir nie an seiner so nötigen Hilfe fehlen lassen."

Nachdem der ehrliche Martin Frank bereits ein ziem= liches Alter erreicht hatte und seine gute, treue Hausfrau gestorben war, versah der wackere Kriegsmann seine kleine

Haushaltung selbst, und zwar wie bisher ohne Magd.
Indes nahm er seinen Enkel, einen muntern blühenden
Knaben zu sich, dem man, den Großvater zu ehren, in
der Taufe auch den Namen Martin gegeben hatte. Der
kleine Martin hing bald mit Leib und Seele an dem Groß=
vater, und tat ihm alles zu Gefallen, was er ihm nur an
den Augen ansehen konnte. Der Großvater bediente sich
seiner als Gehilfen bei seinen Holzarbeiten, und erzählte
ihm während der Arbeit teils lustige, teils schauerliche
Geschichten aus seinen Feldzügen, denen er aber immer
eine oder die andere gute Lehre beizufügen wußte.

Der Großvater brachte manchmal ganze Tage in dem
Walde zu, um Wurzeln und Stöcke des Maßholders aus=
zuheben, und nach Hause zu bringen. Er nahm seinen
lieben Enkel allemal mit sich. Dies waren die fröhlichsten
Tage des Knaben. Es gefiel ihm nirgends so wohl, als
in dem Walde. Der Großvater nannte ihm alle Bäume
des Waldes, und lehrte ihn die Eigenschaften und den
Nutzen der verschiedenen Holzarten kennen. „Wir können
dem lieben Gott nicht genug danken," sagte er unter
anderm, „daß er die herrlichen Bäume da um uns her
wachsen läßt. Wenn es keine Bäume gäbe, so wäre es
um uns gefehlt. Die Tannen und Fichten dort am Berge
liefern uns Balken, Bretter und Latten; unser ganzes
Haus besteht ja aus Tannenholz, ja auch Tische und Bänke,
Kasten und Bettladen sind daraus gemacht. Das Tannen=
holz ist übrigens etwas weich; andere Bäume aber, wie
dort die Eichen und Buchen, haben sehr festes, hartes Holz.
Wenn unser Schiebkarren hier nicht von solchem harten
Holze wäre, so würde er nicht so lange dauern. Ohne hartes
Holz hätten wir nicht einmal einen dauerhaften Stiel zu
unserer Axt. — Sehr schön ist es, daß jede Holzart ihre
eigentümliche Farbe hat, schön rötlich, bräunlich oder gelb=

lich ist, und deshalb zu allerlei zierlichem Hausgeräte
dient. Das Holz der Maßholderstöcke aber ist gar mar=
moriert; es ist so fein, daß man die Holzfasern gar nicht
sieht, weshalb wir auch so feine Arbeiten daraus verfertigen
können. — Man kann die Früchte der Waldbäume zwar
nicht essen; diese Bäume ernähren aber dennoch viele
tausend arbeitsame Menschen, die mit Holzarbeiten ihr
Brot verdienen. Auch uns gewährt der Maßholderbaum
unsern Lebensunterhalt. So hat Gott alles weislich ein=
gerichtet. Wir wollen seine Weisheit und Güte in allem
erkennen und stets ein dankbares Herz gegen ihn haben!"

Eine ganz ausnehmende Freude hatte der kleine Mar=
tin an den Vögeln im Walde und ihrem lieblichen Gesange.
„Großvater," sagte er, „wollen wir nicht einige fangen
und mit nach Hause nehmen?"

„Nein," sagte der Großvater „das ist nichts."

„Warum denn nicht," fragte der Knabe; „sie singen
gar zu schön! Zu Hause könnten wir sie immer singen
hören."

„Du hörst sie schon hier im Walde singen," sprach
der Großvater; „da klingt es viel schöner. Die armen
Vögelein, die man so grausam einsperrt, leben selten lange,
ja sie kommen durch Nachlässigkeit der Menschen gar oft
elenderweise um."

Einmal aber an einem schönen Herbsttage saß der
Großvater mit seinem Enkel an einem sonnigen Plätzchen
des Waldes bei dem kleinen Mittagsmahle, das der Knabe,
wie gewöhnlich, in einem Korbe mitgenommen hatte. Da
kam ein Rotkehlchen, oder wie man in jener Gegend sagt,
ein Rotbrüstlein herbei, und pickte die Brosämlein auf.
Der Kleine war darüber ganz entzückt. „Was dies für
ein wunderschönes Vögelein ist!" sagte er zum Großvater,
redete aber ganz leise, um es nicht zu verscheuchen. „Ich

6*

weiß nicht, was ich darum gäbe, ein solches Vögelein den Winter über in unserer Stube zu haben."

"Nun," sagte der Großvater, "das mag wohl geschehen. Ein Rotkehlchen ist gar ein zutrauliches Vögelein und ist gern um die Menschen. Es bringt den Winter über vielleicht lieber unter Dach als im Freien zu." Der Großvater lehrte den Knaben eine Zurichtung machen, um ein solches Vögelein zu fangen.

Der kleine Martin lief die Woche hindurch alle Tage in den Wald, um nachzusehen, ob noch kein Rotkehlchen eingegangen sei. Immer kam er aber leer zurück und hatte die Hoffnung, eines zu fangen, bereits aufgegeben. Endlich kam er einmal voll Freuden nach Hause gelaufen. "Großvater," rief er, "jetzt habe ich endlich einmal eines! O sieh nur, welche schöne, schwarze Äuglein es hat, und wie unvergleichlich schön gelbrot das Kehlchen ist! Jetzt reut mich meine Mühe und Arbeit nicht." Er ließ das Vögelein in der Stube fliegen, und seine Freude ward noch größer, als es gar nicht scheu tat, die Fliegen in der Stube wegschnappte, aus dem grünen irdenen Tröglein die geriebenen gelben Rüben mit Semmelmehl pickte, und sich in dem kleinen Wassergeschirr badete. Martin holte ein frisches, grünes Tannenbäumchen aus dem Walde und stellte es in die Ecke der Stube. Das Vögelchen flog sogleich darauf zu. "Aha," sagte Martin, "es weiß schon, wo es hingehört. Wie munter es von Zweig zu Zweig hüpft! Wie schlau es zwischen den Ästen hervorblickt, und wie sich das ziegelrote Kehlchen in dem dunklen Grün so lieblich ausnimmt!" Das Rotkehlchen gewöhnte sich bald an ihn, pickte ihm die vorgehaltenen Fliegen zwischen den Fingern hinweg; ja es setzte sich auf den Rand seines Tellers, aß mit ihm, und ließ sich sogar die Erdäpfel sehr gut schmecken. Es kam einige Male durch das offene Fenster

in den Garten am Hause, schlüpfte in der Hecke piepend
umher, kam aber allemal von selbst wieder herein. Das
Vögelein machte dem Knaben tausend Freuden — und als
es erst anfing zu singen, da lauschte Martin mit zurück=
gehaltenem Atem so entzückt auf das leise, liebliche Ge=
zwitscher, daß wohl nie ein Fürst dem größten Flöten=
spieler mit mehr Vergnügen zugehört hat.

Nun rückte der Namenstag des Großvaters wieder
heran. Der Großvater sah abends an einem Sonntage
in den Kalender und sagte: „Lieber Gott, wie doch die
Zeit vergeht! Künftigen Dienstag ist schon das Fest des
heiligen Martin. Ach, vor einem Jahre war es anders als
jetzt! Da lebte meine selige Elisabeth noch, und wir aßen
die Martinsgans, die sie eigens auf meinen Namenstag
gemästet hatte, miteinander. Aber heuer — wird's ein
trauriges Namensfest geben. Es ist doch nichts, wenn
keine Hausfrau die Haushaltung besorgt. Nicht einmal
den alten löblichen Gebrauch, in der Martinsnacht eine
gebratene Gans zu essen, können wir mehr beobachten;
ich habe darauf vergessen, und nun ist es wohl zu spät
dazu!" Er zog, etwas mißmutig, seine grüne Uniform
an, und ging zu dem Goldenen Adler, wo er den Bauern
am Sonntag abend gewöhnlich die Zeitung vorlas und
ihnen die Kriegsnachrichten erklärte.

Der Großvater war kaum zur Tür hinaus, da kam
der kleine Adolf des Herrn von Waldberg, der im Schloße
droben auf dem Berge wohnte, zur Tür herein, um nach
dem Muster, das er mitbrachte, ein paar Pfeifenköpfe zu
bestellen. Der kleine Martin spielte eben mit seinem Rot=
kehlchen, das ihm auf den Finger geflogen war, und ihm
einige zerdrückte Hanfkörnlein aus der Hand pickte.

„Was willst du für das Vögelein?" sagte Adolf. „Es
ist sehr zahm, ich will es dir abkaufen."

„Es ist mir nicht feil,“ sagte Martin, indem er dem Vögelein mit der andern Hand die Federlein zurechtstrich, „ich gebe es um keinen Preis.“

Der reiche junge Herr bot nach und nach bis auf einen Gulden. Da fiel es dem kleinen Martin ein, für einen Gulden könne er ja wohl gar eine Gans kaufen, und dem Großvater eine unvermutete Freude machen. Er über= ließ also das Vögelein dem jungen Herrn, indem er es ihm auf das nachdrücklichste anempfahl, und ihn auf das dringendste bat, das gute, trauliche Tierchen ja doch recht gut zu halten. „Haben Sie doch recht acht,“ rief er ihm noch nach, „daß die Katze im Schlosse es nicht erwischt, und beschneiden Sie deshalb dem Vögelein die Flügel nicht.“

Martin lief nun sogleich von Haus zu Haus, eine feile Gans ausfindig zu machen. Eine Bäurin hatte noch eine übrige gemästete Gans, sagte aber, sie könne sie nicht unter einem Taler geben. Martin sagte betrübt, daß er nicht mehr als einen Gulden habe, und erzählte, wie er sein Vögelein verkauft, um dem Großvater eine Freude zu machen. Das gefiel der Bäurin. „Nun wohl,“ sagte sie, „wegen deiner Liebe zu deinem Großvater will ich dir die Gans für einen Gulden lassen.“ Martin dankte erfreut, und sagte, morgen abend wolle er die Gans abholen.

Am Vorabende des langersehnten Festes trat nun der kleine Martin mit der wohlgenährten Gans unter dem Arme feierlich in die Stube, sagte den Glückwunsch auf, den auf Martins flehentliches Bitten der Herr Schul= lehrer in zierlichen Reimen verfaßt hatte, den aber die Gans, zum großen Verdrusse des Kleinen, mit ihrem Ge= schnatter mehrmals unterbrach. Am Ende des Spruches überreichte Martin dem Großvater, sich tief verneigend, die Gans als ein Geschenk zum Namenstage.

Der alte Mann, der streng auf Ehrlichkeit hielt, wollte

sich anfangs nicht recht freuen. Er schöpfte Verdacht und
nahm den Knaben in scharfes Verhör. „Wo hast du die
Gans oder das Geld dazu her?" fragte er ihn mit großem
Ernst, stand aus dem Lehnstuhle auf, und erhob drohend
seinen Stock von Haselstauden. Er wußte den Korporal=
stock noch sehr gut zu schwingen, obwohl er bei seinem gut=
herzigen, folgsamen Enkel nie nötig hatte, Gebrauch davon
zu machen. Martin schwieg. „Wo hast du sie her?" rief
der Alte noch einmal mit seiner nachdrücklichen, tiefen
Baßstimme, „das sage mir!" Martin erzählte die Geschichte
von dem Verkaufe seines geliebten Rotkehlchens. Der Groß=
vater ward sehr gerührt, und wischte eine Träne vom
Schnurrbarte, die während der Erzählung darauf herab=
getröpfelt war. „Bravo!" rief er, „du hast dich wohl
gehalten. Das freut mich, daß du auf deinen Großvater
so viel hältst. Jetzt wird die Martinsnacht doch noch ein
Freudenfest für mich — ein wahres Fest für mein Herz.
Doch gehe jetzt und sperre die Gans einstweilen in den
leeren Gänsestall."

Als der Knabe hinaus war, sprach der Großvater:
„Der Junge hat ein Herz, das lauter Gold ist. Was er
da getan hat, ist eine wahre Martinstat. Der heilige
Martin gab dem Bettler den halben Mantel; der Knabe da
gab aber seine ganze Freude dahin, um seinem Großvater
Freude zu machen. Mein heiliger Namenspatron wird's
mir ja doch nicht übelnehmen, wenn mir's so vorkommt,
der Kleine habe fast noch mehr getan, als der heilige
Martin, der, soviel ich weiß, auch Soldat gewesen. Aus
dem Knaben kann noch etwas werden."

Der Großvater, der im Felde öfters gekocht hatte,
und diese Kunst noch immer ausübte, bereitete die seltene
Speise selbst zu, und legte davon seinem Enkel bei der
Mahlzeit immer das Beste vor. Während sie noch am

Tische saßen, kam ganz unerwartet ein Bedienter aus dem
Schlosse mit einer Flasche Wein herein und sagte, der
gnädige Herr und die gnädige Frau hätten von dem jungen
Adolf vernommen, wie der kleine Martin sein niedliches
Rotkehlchen verkauft habe, um auf das Namensfest des
Großvaters einen Braten anzuschaffen, und da wolle die
gnädige Herrschaft nun auch dem Korporal ein Glas Wein
dazu senden, und lasse ihm zu dem heutigen Feste Glück
wünschen. Der alte Mann fühlte sich durch diese Gnade
sehr geehrt, und auch der kleine Martin freute sich, daß
sein Rotkehlchen dem Großvater außer dem Braten noch
zu einem guten Trunk verholfen habe.

Martin vermißte aber das trauliche Vögelein doch sehr
hart; er mochte das Tannenbäumlein, das noch einsam
und verlassen in der Stubenecke stand, kaum ansehen. Eines
Abends saßen Großvater und Enkel an dem wärmenden
Ofen. Wegen des wolkigen Himmels war es in der Stube
früher dunkel geworden, und sie hatten deshalb etwas
früher Feierabend gemacht. Es war ein sehr schauerlicher
Novemberabend; es schneite und regnete draußen durch=
einander, und der Sturmwind sauste und brauste, als
wollte er das kleine Haus mit sich fortführen. Da rief
der kleine Martin mit einemmal: „Je, da ist ein Vögelein
am Fenster und pickt an die Scheiben, als wollte es her=
eingelassen werden!" Er öffnete das Fenster — das Vöge=
lein flog herein — und wer beschreibt die Freude des
Knaben, als er in dem Vögelein sein geliebtes Rotkehlchen
erblickte! Er hatte ihm ein rotes Seidenfädchen um das
Füßchen gewickelt; daran würde er es erkannt haben, wenn
er auch sonst im Zweifel gewesen wäre. „O du liebes
Tierchen!" rief er, „so bist du denn wieder da? So hast
du deinen Martin noch nicht vergessen? Wie hast du denn
unsere Wohnung wieder gefunden? Gefällt's dir unter

dem niedrigen Dache hier doch beſſer, als droben im präch=
tigen Schloſſe? Nun, nun, wir haben dahier im Winter
auch eine warme Stube, um nicht zu frieren, eine warme
Suppe, um uns ſatt zu eſſen, und — was über alles
geht — ein fröhliches Herz. Und wer ſollte auch mehr
verlangen?"

Er ſtreckte die Hand aus, und das Vögelein flog ihm
darauf. „Nicht wahr," ſagte er, „du möchteſt wieder da
bleiben? Aber das verſtehſt du nicht beſſer. Ich darf dich
nicht hier behalten; das wäre gerade wie geſtohlen! Ich
muß — muß dich wieder heimgeben. Ach!" ſeufzte er,
und drückte das Vögelein an die naſſe Wange; „du glaubſt
nicht, wie hart es mich ankommt, dich fort zu tragen; aber
es muß doch ſein."

„Bravo, Junge," ſprach der Großvater; „das iſt recht,
das iſt deine Schuldigkeit. Drum trage das Vögelein
nur gleich fort; ſonſt kommt's dich immer ſchwerer an.
Was nicht unſer iſt, ſoll nicht einmal unter unſerem Dache
übernachten. Alſo mache, daß du fortkommſt, ehe es vol=
lends Nacht wird." Martin nahm ſeine neue Pelzmütze,
die ihm der Großvater zum Namenstage geſchenkt hatte,
und lief im Schnee und Regen hinauf in das Schloß. Der
kleine Adolf hatte eine große Freude, als er das Vögelein
in der Hand des Knaben wieder erblickte. Die gnädige
Frau aber, die mit ihrer Arbeit auf dem Seſſel ſaß und
ſich gerade mit ihrem Sohne über das Vögelchen unterhalten
hatte, ward von der Ehrlichkeit des armen Knaben
innigſt gerührt. „Das iſt ja recht ſchön von dir, Kleiner,"
ſprach ſie, „daß du das Vögelein wieder zurückbringſt.
Du hätteſt es leicht behalten können, ohne daß wir etwas
davon gewußt hätten. Ja, wenn ich es auch in deiner
Stube geſehen hätte, ſo hätte ich ſicher geglaubt, es wäre
ein anderes Rotkehlchen. Daß ein ſo kleines Vögelein ſo

viele Anhänglichkeit an die Menschen habe, und daß es sogar die Wohnung, wo es gaſtfreundlich bewirtet worden, wieder finden könne, hätte ich nicht geglaubt. Da ein ſo

kleines Geſchöpf nicht ohne Gefühl, ſondern erkenntlich und dankbar iſt, wieviel mehr ſollten wir Menſchen es ſein!"

Martin machte, indem er das Vögelein dem kleinen Baron Adolf übergab, ein recht betrübtes Geſichtchen. Die gnädige Frau aber sprach zu Adolf: „Lieber Adolf, du siehst, das Rotkehlchen war die einzige Freude des armen Knaben. Er hat, wie du wohl weißt, es recht vom Herzen hinweg verkauft, seinen alten Großvater zu erfreuen. Du hast das Vögelein aus Nachlässigkeit entkommen lassen; es hatte ihn aber so liebgewonnen, daß es von selbst wieder zu ihm zurückkehrte. Er ist so ehrlich und bringt es dir wieder, so lieb er es hat, und so gern er es behalten hätte. Wäre es nun wohl schön, ihm das Vögelein wieder ab=zunehmen?"

„Nein," sagte Adolf, „das wäre nicht schön! Da, guter Martin, hast du dein Rotkehlchen wieder; ich schenke es dir zur Belohnung deiner Ehrlichkeit!" Martin wollte das Vögelein, das der junge Herr so teuer bezahlt hatte, nicht nehmen. Allein Adolf bestand darauf. „Nimm, nimm," sagte er, „und wenn du einmal wieder ein Rot=kehlchen fängst, so magst du es mir dann bringen."

Martin war hoch erfreut. „Wenn Sie mir Ihr ganzes Schloß geschenkt hätten," sagte er, „so hätten Sie mir keine größere Freude machen können."

Die gnädige Frau aber, die über die Denkart ihres Sohnes noch mehr erfreut war, als Martin über das Rot=kehlchen, ging an ihre Kommode, nahm ein schönes, glän=zendes Goldstück heraus, gab es dem Martin und sagte: „Da mein Adolf dein edles Herz so gut zu schätzen weiß, und dir zur Belohnung deiner Redlichkeit das Vögelein schenkte, wie sollte seine Mutter dich unbelohnt gehen lassen! Nimm da dieses Gold, denn deine Ehrlichkeit ist mehr wert als Gold."

Martin eilte voll Freude und in hohen Sprüngen den Schloßberg hinab, und stürzte beinahe zur Stubentür hinein. „Da habe ich das Rotkehlchen schon wieder!" rief er, „das ist jetzt schon das drittemal, daß es unter unser Dach kommt. Es ist ein wahres Glücksvögelein. Sieh nur, Großvater, was es mir eintrug!" Er zeigte dem Großvater das Geld und sagte: „Nicht wahr, das ist ein schönes Goldstück? Das mußt aber du nehmen. Ich bin reich genug, da ich nun mein liebes Vögelein wieder habe."

„Siehst du," sagte der Großvater, „daß es wahr ist, was ich dir immer sage. Auch die gnädige Frau schätzt die Ehrlichkeit höher als Gold. Alle gute Menschen denken so. — Für das Goldstück will ich dich aber neu kleiden lassen. Der Rock ist dann ein wahres Ehren=kleid für dich; du hast ihn dir durch deine Ehrlichkeit er=worben. Mache nur, daß du dein Leben lang nie einen andern Faden, als der ehrlich und redlich verdient ist, am Leibe trägst."

Dem kleinen ehrlichen Martin aber brachte sein Rot=kehlchen noch mehr ein, als einen Dukaten. Er und sein Großvater wurden durch dasselbe mit der Herrschaft im Schlosse näher bekannt. Einmal an einem heitern Winter=morgen ging die Herrschaft spazieren und kam an Martins Wohnung vorbei. Der junge Herr sagte: „Ich möchte doch einmal sehen, ob das Rotkehlchen noch lebt!" Man ging hinein. Herr von Waldberg, der den alten Korporal Frank nur vom Ansehen kannte, ließ sich mit ihm in ein Gespräch ein, erkundigte sich nach seinen Feldzügen, und fand an ihm großes Wohlgefallen. Er redete von nun an allemal mit ihm, wenn er auf der Jagd ihn im Walde traf; er kam wohl selbst zu ihm in das Haus, um sich einen Pfeifenkopf auszusuchen, und sah ihm bei seiner Arbeit unter mancherlei Gesprächen stundenlang zu. Adolf kam zuzeiten auch mit, unterhielt sich mit Martin, und lud ihn manchmal ein, in das Schloß zu kommen.

Indes spürte der Großvater nach und nach die Be=

schwerden des Alters; er machte sich daher eine Herzens=
angelegenheit daraus, vor seinem Tode seinen Enkel gut
zu versorgen. Er hatte bisher immer gedacht, Martin
werde sich einmal mit Verfertigung von Dosen und Pfeifen=
köpfen gut ernähren können. Allein mehrere fleißige Haus=
väter in dem Dorfe, die sich im Sommer mit dem Feldbau
beschäftigten und im Winter nichts zu tun wußten, hatten
sich nach dem Beispiele des alten gewerbsamen Kriegers
auch auf diesen Nahrungszweig verlegt. Die Dosen und
Pfeifenköpfe wurden nun, da sie nicht mehr so selten waren,
nicht mehr so gut bezahlt. Der Großvater sann deshalb
darauf, seinen Enkel ein anderes Handwerk lernen zu
lassen, das zwar mehr Kräfte und Geschicklichkeit erfordere,
aber seinen Mann auch reichlicher nähre. Allein er hatte
schon seinem Sohne und seiner Tochter so viel gegeben,
daß ihm selbst wenig übriggeblieben, und sein Enkel
Martin hatte so viele Geschwister, daß dessen Eltern ge=
nug zu tun hatten, alle zu erhalten. Dem guten Greis
war es deshalb eine große Sorge, wie er das Lehrgeld
zu beschaffen vermöchte.

Da kam nun der junge Martin, der jetzt bereits vier=
zehn Jahre alt war, wieder einmal in das Schloß, um
Baron Adolf zu seinem Geburtstag Glück zu wünschen.
Adolf zeigte ihm einen sehr schönen Schreibtisch von kunst=
reich eingelegter Arbeit, den seine Eltern ihm zum Geburts=
tage geschenkt hatten.

„Der geschickteste Meister in der Stadt hat ihn ge=
macht," sagte Adolf; „sage einmal, wie gefällt er dir?"

Martin betrachtete den Tisch mit großer Aufmerksam=
keit. „Das sind herrliche Maser!" rief er; „ich habe noch
keine schöneren gesehen! Auch das übrige Holz ist sehr
schön. Dieses dunkelbraune da ist von Nußbaum, dieses

rotbraune von Kirschbaum, das gelbe da von Birnbaum, und das schöne weiße von Ahorn."

Herr von Waldberg, der eben in das Zimmer trat, verwunderte sich, daß Martin alle Holzarten zu nennen wußte, und fragte: „Wer hat sie dich alle so gut kennen gelehrt?"

„Mein Großvater," sagte Martin, „ich habe mir von allen Arten Holz, die es in unserem Walde und unseren Baumgärten gibt, eine Sammlung gemacht."

Herr von Waldberg dachte, den Geburtstag seines Sohnes nicht schöner feiern zu können, als durch eine edle Handlung. Er sagte daher: „Nun, Martin, du verstehst dich sehr gut auf das Holz. Wie ich weiß, bist du auch im Verfertigen der Pfeifenköpfe schon sehr geschickt. Allein ein solcher Schrank ist doch ein viel schöneres Stück Arbeit. Möchtest du nicht diese Kunst lernen und ein Schreiner werden?"

„Warum nicht?" sagte Martin; „nichts lieber. Aber mein Großvater vermag das Lehrgeld nicht zu bezahlen."

„Nun wohl," sagte der gnädige Herr, „für das Lehrgeld will ich sorgen. Wenn es deinem Großvater recht ist, so will ich dich dem Meister, der diesen Schreibtisch machte, in die Lehre geben."

Martin ward über dieses Anerbieten sehr erfreut, und auch der Großvater sah es für ein großes Glück, ja für eine Fügung Gottes an, und forderte seinen Enkel auf, Gott für diese große Wohltat recht von Herzen zu danken.

Martin kam in die Lehre, wurde nach drei Jahren Geselle, reiste dann in die Fremde, und kehrte als ein gesunder, unverdorbener junger Mann, von blühendem Aussehen und seiner Kunst wohl kundig, zur herrlichsten Freude seines alten Großvaters wieder zurück. Herr von Waldberg war mit der ersten Arbeit, die er bei ihm bestellte, höchst zufrieden und sagte: „Nun wohl, mein lieber Mar-

tin! Es war schon lange mein Wunsch, einen geschickten
Schreiner im Orte zu haben. Ich werde dich daher hinreichend unterstützen, eine eigene Werkstätte zu errichten.“
Das alte Haus wurde nunmehr neu gebaut. Herr von
Waldberg gab ihm alles erforderliche Holz dazu unentgeltlich, und der junge Meister verfertigte alle Schreiner-
arbeit daran mit eigener Hand; auch fand er, da er ebenso
billig als geschickt war, reichlichen Verdienst, und verheiratete sich in der Folge mit einer sehr tugendhaften,
sittsamen und fleißigen Bürgerstochter.

Der Großvater, nunmehr ein ehrwürdiger Greis, er-
lebte diese Freude noch, und wohnte bei seinem Enkel in
dem neuen Hause sehr geehrt und zufrieden. Martin konnte
auch seinen Eltern und Geschwistern sehr viel Gutes erweisen. Als einmal Martin am Namensfeste des Großvaters Eltern, Geschwister und die übrigen Verwandten
auf eine Martinsgans eingeladen hatte, und alle sehr
vergnügt und fröhlich waren, sagte der Großvater: „Es
ist wohl das letztemal, daß ich alle meine Lieben an einem
Tische so beisammen sehe! Mit Freuden erinnere ich mich
noch jenes Abends, da Martin, noch als kleiner Knabe,
aus Liebe zu mir, jenes Rotkehlchen verkaufte, um mir
auf den Martinstag einen fröhlichen Abend zu verschaffen.
Unter Gottes Leitung war jenes Vögelein die erste Veranlassung zu Martins Glück. Gott belohnte seine Liebe
zu mir, seine Ehrlichkeit, seinen Fleiß, seine gute Auf-
führung, und setzte ihn in den Stand, mir einen fröhlichen
Abend meines Lebens zu bereiten, und euch alle reichlich
zu unterstützen. Nun will ich gerne sterben, da der himm-
lische Vater, der für die Vögel sorgt, durch ein Rotkehlchen
so liebreich für uns alle gesorgt hat.“

Kupfermünzen und Goldstücke.

Eine Erzählung in Briefen.

Erster Brief.

Margareta, ein armes Landmädchen, schreibt an ihre
Mutter.

Liebste Mutter!

Ich bin recht glücklich dahier in der Stadt angekommen. Die Frau, bei der ich jetzt diene, war recht
erfreut, daß ich so pünktlich auf den Tag eintraf, und begrüßte mich auf das freundlichste.

Sie erzählte mir, was sie auf den Gedanken gebracht
habe, mich in den Dienst zu nehmen. Da Ihr dieses nicht
wißt, wie ich es bisher nicht gewußt habe, so muß ich es
Euch doch auch erzählen.

Als die Frau im letzten Frühling mit ihren zwei
Kindern unsern Herrn Pfarrer, ihren Bruder, besuchte,
hatte sie gar vieles mit ihm zu reden, und einige Schriften mit ihm durchzugehen. Die Kinder, die das erstemal
auf dem Lande waren, wollten lieber ein wenig im Freien
herumspringen, als zu Hause sitzen. Da ließ der Herr
Pfarrer mich rufen, um die Kinder in den Garten, in das
nahe Wäldchen und weiterhin auf die Wiese zu führen, und
wohl auf sie achtzuhaben. Über eine Weile kamen aber
doch die Frau und der Herr Pfarrer nach. Sie gingen in
das Wäldchen und sahen uns auf der Wiese; wir aber
konnten sie nicht sehen. Der Knabe bemerkte in dem

klaren Bache einige Fischlein, und wollte mit Gewalt in das Wasser waten, um sie zu fangen. Um ihn abzuhalten, sagte ich: Kinder, kommt hieher, ich will euch noch etwas Schöneres zeigen. Ich führte sie an ein Plätzchen, wo alles voll Blumen stand. Die Kinder hatten große Freude daran. Nicht wahr, sagte ich, der liebe Gott kann doch recht schöne Blumen machen! Die Kinder gaben mir recht. Nun, sagte ich, so habt den lieben Gott, der uns so schöne Sachen schenkt, auch recht lieb. Dieses Gespräch gefiel der Frau ungemein wohl. Der Herr Pfarrer lobte nun Euch, liebste Mutter, gar sehr, und sagte, daß Ihr Eure Kinder recht gut erzogen und daß wir Kinder, der Bruder und ich, in der Schule immer unter seine besten Schüler und Schüle= rinnen gehörten. Als nun im Herbste darauf das Kinder= mädchen, das vor mir im Dienste der Frau gewesen, nach Hause mußte, weil seine Eltern es nunmehr selbst nötig hatten, so schrieb die Frau an ihren Bruder, unsern Herrn Pfarrer, ob ich wohl nicht Lust hätte, zu ihr in den Dienst zu treten. Der Herr Pfarrer schrieb, wie Ihr wißt, so= gleich zurück, daß wir beide es als ein großes Glück an= sehen, und daß ich mit dem nächsten fahrenden Boten ein= treffen werde. So erzählte die Frau. Und so, sagte sie dann zu mir, und nahm mich liebreich bei der Hand, hat uns, wie ich denke, der liebe Gott zusammengeführt.

Sie ging hierauf mit mir in die Kinderstube, die aber ein sehr schönes, helles Zimmer mit grünbemalten Wänden ist. Die Kinder kannten mich noch, und sprangen sogleich auf mich zu. Der kleine Fritz fragte: Was macht des Onkels Pudel, der mit uns auf die Wiese lief und so schöne Künste kann, und die Steine, die man in den Bach wirft, aus dem Wasser herausholt? Das kleine Thereschen fragte, wiewohl es bereits spät im Herbste ist: Hast du mir von den schönen Blumen, die auf deiner Wiese wachsen, keine mitgebracht? Ich beantwortete die Fragen der Kinder und sagte: Anstatt der Blumen habe ich von den Bäumen, die damals so schön geblüht haben, euch Äpfel mitgebracht. Ich teilte sie ihnen aus, und die Kinder hatten daran große Freude, und jedes behauptete, seine Äpfel hätten die schönsten roten Backen.

Die Mutter lächelte und sagte zu mir: Sei gegen die zwei Kinder immer so liebreich und freundlich, und habe immer wohl auf sie acht. Das werde ich mit Freuden tun, sagte ich, es sind ja gar liebe, artige Kinder! Nun wohl, tu es, sagte die Frau, und ich werde dann auch dir eine liebreiche, freundliche Mutter sein.

Diese Worte der Frau waren mir sehr tröstlich und erfreulich. Allein so liebreich und freundlich, wie Ihr, liebste Mutter, kann doch kein Mensch in der Welt gegen mich sein. Ach, wenn ich Eurer Mutterzähren und Eurer mütterlichen Ermahnungen beim Abschiede gedenke, so kommen mir jetzt noch die Tränen in die Augen. Ich werde es in meinem Leben nicht vergessen, wie Ihr mich hinausbegleitet habt an die Landstraße, wo der Botenwagen vorbeikommt; wie Ihr eines meiner zwei Päcklein getragen; wie Ihr, wiewohl ich es nicht zugeben wollte, im Regen stehen bliebt, um zu warten, bis der Wagen komme; wie Ihr einen kleinen Kuchen, den Ihr eigens für mich gebacken, nebst einigen Äpfeln in ein Taschentuch gebunden, und mir mit auf den Weg gegeben; wie Ihr mich dem alten, ehrlichen Boten anempfohlen, und mir Eure Ermahnungen noch einmal kurz wiederholt habt. Ja, liebste Mutter, ich werde Eure Worte nie vergessen; sie sind in mein Herz geschrieben. Ich werde immer Gott lieben, gern beten, jede Sünde scheuen, böse Menschen fliehen, meiner Frau treu und redlich dienen, und die mir anvertrauten Kinder wohl verpflegen. Das verspreche ich Euch

und dem lieben Gott. Betet doch recht für mich, daß Gott mir seine allmächtige Gnade verleihe, mein Versprechen zu halten. Ich bete auch stets für Euch, und werde immer sein
Eure liebende gehorsame Tochter
Margareta Ost.

Zweiter Brief.
Margareta an ihre Mutter.

Liebste Mutter!

Da schreibe ich Euch schon wieder, obwohl ich erst vor acht Tagen dem zurückkehrenden Boten einen Brief mitgegeben habe. Es ist mir gar so erfreulich und tröst= lich, an Euch zu schreiben. Denn es ist mir da, als sitze ich bei Euch in unserem traulichen Stübchen und plaudere mit Euch. Die beiden Kinder, über die ich die Aufsicht habe, schlafen bereits sanft und süß. Da habe ich schon noch Zeit zu einigen Zeilen an Euch.

Meine Frau, die man dahier Madame Maier nennt, ist wirklich eine recht verständige, christliche Frau. Alles, was sie mir zu befehlen hat, sagt sie mit Freundlichkeit, und belehrt mich liebreich über alles, was ich noch nicht weiß. Ich könnte mir keine bessere Frau wünschen. Auch die zwei lieblichen Kinder haben mich sehr liebgewonnen, und sind so gern bei mir, als bei ihrer Mutter. Das freut mich von Herzen, und ist auch ihr sehr lieb. Denn die Frau muß, weil der Herr in seinen Geschäften viele Reisen zu machen hat, die meisten Stunden des Tages in ihrem Kaufladen zubringen.

Diesen Laden, liebe Mutter, solltet Ihr einmal sehen! Die Frau handelt mit Musselin, und Ihr könnt gar nicht glauben, wie alle diese Waren so blendend weiß, und alle Fädelein so fein und gleich sind. In meinem Leben habe ich nichts so Schönes gesehen; ich konnte mich nicht genug wundern, daß man etwas so Schönes machen kann. Meine

Frau sagte: Alle diese Fäden wurden von Maschinen ge=
sponnen. Ich sagte in meiner Einfalt: Von diesen Leuten
habe ich zwar noch nie gehört; sie müssen aber sehr ge=
schickt sein. Meine Frau lachte von Herzen, und erklärte
mir die Sache. Sie zeigte mir hierauf gestickte Halstücher
und ganze Kleider. Die weißen Blumen und Verzierungen
darauf sind wunderschön. Diese, sagte meine Frau, kann
man nicht durch Maschinen zustande bringen; sie sind
von Menschenhänden gestickt. Viele tausend Menschen —
Gott sei Dank! — verdienen mit dieser Arbeit ihr Brot.

Das Haus, das meiner Frau gehört, ist sehr groß und
schön. In dem obersten Stocke wohnt eine adelige Dame
zur Miete. Sogleich am ersten Morgen, nachdem ich abends
zuvor angelangt war, kam die Kammerjungfer herab, und
hielt einen weißen, steinernen Krug in der Hand, der mit
blauen Blumen bemalt und mit einem glänzenden, zinner=
nen Deckel versehen ist. Du! sagte sie zu mir, das vorige
Kindermädchen hat meiner gnädigen Frau immer draußen
vor dem Stadttore an dem Gesundbrünnlein das Trink=
wasser geholt. Willst du es nicht auch tun? Denn unsere
Köchin und die Magd haben nicht wohl Zeit dazu, und
für mich schickt es sich nicht, mich mit dem Kruge zu
schleppen. Du aber findest abends, wenn deine Frau ihren
Kaufladen geschlossen hat, und auf die Kinder dann selbst
achtgeben kann, leicht ein Viertelstündchen, zum Brunnen
zu gehen. Du darfst es auch nicht umsonst tun. Meine
gnädige Frau gibt dir für jeden Krug Wasser einen Kreuzer,
und wird dich am Ende der Woche immer richtig bezahlen.
Nun, willst du?

Wenn es meine Frau erlaubt, sagte ich, recht gern.
Allein wer wird sich denn für einen Trunk kalten Wassers
bezahlen lassen? Ich will das Wasser mit Freuden umsonst
holen. Meine Frau, die dabei stand, sagte: Nimm du

diese Belohnung immerhin an. Die gnädige Frau kann
sie leicht geben, und dir werden sechs Gulden des Jahres
sehr wohl kommen.

Ich nahm den Krug, und trat mein neues Amt als
Wasserträgerin sogleich an. Heute abend hatte ich eben
das Licht angezündet, meine Frau strickte und die beiden
Kinder spielten; da trat die Jungfer herein und brachte
mir sechs rote Kreuzer. Sie kommen eben aus der Münze,
sagte sie, und funkeln, obwohl sie nur von Kupfer sind,
wie Gold.

Ich hatte an dem schönen, glänzenden Gelde große
Freude, und dünkte mich so reich, als ich selten war. Diese
sechs Kreuzer schicke ich nun Euch, liebe Mutter. Ihr könnt
nun abends zu Eurem Stücke trockenen Brotes doch auch
einen Schoppen Bier trinken. Ich werde Euch jeden Kreu=
zer, den ich bekomme, immer am Ende des Monats schicken.
Der Bote hat ja versprochen, alle Briefe umsonst mitzu=
nehmen. Ihr werdet über mein armseliges Geschenk lächeln.
Ich weiß aber doch, daß Ihr es so gut aufnehmen werdet,
als es gemeint ist.

So, nun gute Nacht! Es ist schon spät, und Ihr schlaft
wohl schon so sanft, wie die zwei Kinder hier neben mir
in ihren kleinen Bettchen. Ich will mich nun auch zur
Ruhe begeben, damit ich morgen wieder zur Arbeit auf=
stehen kann. Denn bevor morgens die Kinder erwachen,
habe ich immer allerlei Hausgeschäfte zu verrichten. Gott
sei mit Euch und Eurer Euch herzlich liebenden Tochter

Margareta Ost.

Dritter Brief.
Die Mutter an ihre Tochter.

Liebste Tochter!

Um des Himmels willen, was hast Du getrieben! Als
ich Deinen Brief aufmachte, fielen sogleich sechs neue,

blanke Goldstücke heraus. Ich erschrak und zitterte an allen Gliedern! O du lieber Gott, rief ich, das Kind wird doch das Geld nicht gestohlen haben! Mein Gott, wenn meine Margareta sich von dem Glanze des Goldes hätte blenden und zu einer solchen Übeltat verführen lassen, so wäre ich die unglücklichste Mutter!

Ich las nun Deinen Brief. Du schreibst da von roten Kreuzern und nennst sie ein armseliges Geschenk. Das verwirrte mich. Das Kupfer kann sich ja doch nicht in Gold verwandelt haben, dachte ich. Ich sann lange nach. Endlich fiel mir ein, ein Bedienter der gnädigen Frau könnte sich vielleicht den Spaß gemacht haben, anstatt der roten Kupferkreuzer messingene Rechenpfennige in den Brief zu stecken, um mir anfangs eine eitle Freude und am Ende einen rechten Verdruß zu machen.

Ich lief zu dem Herrn Verwalter, der das Geld sehr gut kennt. Ich sagte, daß ich die Sache für einen mut= willigen Scherz ansehe; jedoch wolle ich ihm die gelben, glänzenden Geldstücke zeigen.

Ja, ja, sagte er, das mag wohl so ein Streich eines mutwilligen Burschen sein. Er setzte seine Brille auf und sprach: Laßt die feine Münze einmal sehen.

Ich gab sie ihm. Alle Welt, rief er, das ist wahr= haftig echtes Gold; jedes Stück ist elf Gulden dreißig Kreuzer wert. Nein, das ist kein Spaß. Ich wenigstens möchte niemand einen solchen Spaß machen, und ich denke, kein Mensch in der Welt könnte dazu Lust haben.

Ich ließ ihn nun Deinen Brief lesen. Da muß ein Irrtum vorgegangen sein, sagte er. Die gnädige Frau muß sich, zumal es bereits Nacht war, vergriffen haben; anstatt der Kupferkreuzer erwischte sie Goldstücke.

Es kann wohl nicht anders sein, sagte ich; am nächsten

Botentage will ich das Geld meiner Tochter wieder zu=
rückschicken.

Tut das, sprach er, es könnte sonst einen schlimmen
Handel absetzen.

Ich nahm das Geld wieder mit nach Hause. Ich konnte
aber die ganze Nacht kein Auge zutun. Ich fürchtete
immer, es möchten Diebe kommen, und das Geld stehlen
und mich wohl gar noch obendrein mißhandeln. Mit
dem Golde kam nichts als Schrecken, Angst und Sorge
unter mein Dach. Ich bin recht froh, daß ich des Un=
glücksgeldes heute los werde. Geh doch augenblicklich zur
gnädigen Frau und gib ihr die Goldstücke wieder zurück.
Ich kann meinen Kopf nicht ruhig niederlegen, bis ich
weiß, das Geld sei wieder in der Hand, der es gehört.

Georg, Dein Bruder, hat geschrieben. Er befindet
sich wohl, und es geht ihm gut. Ach, du mein Gott! als
ihn das Los getroffen hatte, Soldat zu werden, und er
mit den Rekruten fort mußte, war ich wohl recht tief
betrübt und weinte mir die Augen wund. Allein der
liebe Gott macht doch alles recht. Da Georg so vergnügt
und zufrieden in seinem Stande ist, so bin ich auch ruhiger.
Indes hat er doch allerlei Kleinigkeiten notwendig, und
möchte auch zuzeiten mit seinen Kameraden ein Glas Bier
trinken. Alle erhalten Unterstützung von Hause; ich aber
kann ihm zurzeit keinen Kreuzer schicken. Das tut mir
recht leid. Ja, wenn die Goldstücke mein gehörten, da
könnte ich ihm wohl helfen! Aber nichts da! Ich denke,
wir alle drei wollten lieber verhungern und verdursten,
als nur einen Heller von fremdem Eigentum entwenden.

Gott sei mit Dir, liebe Tochter, und mit uns allen, und
bewahre uns vor allem Unrecht! Lebe wohl — und noch
einmal, schreibe doch sogleich mit dem zurückkehrenden Boten

Deiner bekümmerten Mutter.

Vierter Brief.
Margareta an ihre Mutter.
Liebste Mutter!

Der Anfang Eures Briefes hat mich recht erschreckt und betrübt! Ich mußte weinen, daß es Euch nur einen Augenblick einfallen konnte, es sei möglich, daß ich das Geld entwendet habe. Nein, lieber wollte ich mir die Hand abhauen lassen, als stehlen, oder sonst etwas Unrechtes tun!

Ich lief, so schnell ich konnte, die Stiege hinauf zur Frau von Holm, legte ihr die sechs Goldstücke auf den Tisch und sagte: Sie müssen mir aus Versehen anstatt der roten Kreuzer lauter Gold gegeben haben. Die gnädige Frau schüttelte den Kopf, und betrachtete die Goldstücke eines nach dem andern.

Ich gab ihr nun Euren Brief zu lesen. Sie las ihn und sagte: Das ist seltsam! Von mir aus ist aber keine Irrung vorgegangen. Für einen bloßen Spaß kann ich die Sache auch nicht ansehen. Ich denke, irgend eine unbekannte, wohltätige Hand hat das Gold in den Brief getan, um deine arme Mutter zu unterstützen. Diese Art zu geben ist freilich etwas sonderbar, aber doch gewiß wohl gemeint.

Ich sagte mit Tränen in den Augen: Liebste gnädige Frau! Diese unbekannte wohltätige Hand ist gewiß die Ihrige. Welche könnte es sonst sein? Sie waren so großmütig, mit diesem reichen Geschenke eine bedrängte Witwe und ihre Kinder zu erfreuen.

O nein, sagte die Frau, wirklich habe ich, außer einigen goldenen Schaumünzen, wenig Gold in meiner Kasse, und von so schönen, neuen Goldstücken auch nicht ein einziges. Da, nimm dein Gold wieder, mein liebes Kind!

Aber, sagte ich, was soll ich denn damit anfangen? Es gehört nun einmal nicht mein. Wem soll ich es geben? Ich kann mir gar nicht einbilden, wer anstatt des Kupfers

Gold in den Brief sollte gelegt haben. Raten Sie mir doch, was ich tun soll!

Schicke das Gold wieder deiner Mutter, der du die roten Kreuzer zugedacht hattest, sagte die Frau. Sie kann es mit gutem Gewissen zu ihrem Nutzen verwenden.

Ich blieb stehen und brachte noch viele Bedenklichkeiten

vor. Ach, gnädige Frau, sagte ich am Ende, nehmen Sie
das Geld in Verwahrung, bis man weiß, wem es gehört!

Sie aber sprach: Auf mein Wort, behalte das Gold.
Sollte jemand darauf Ansprüche machen, und deine Mutter
es bereits ausgegeben haben, so will ich es vergüten.

Da traten zwei adelige Fräulein herein, der Frau
einen Besuch zu machen. Meine Tracht war ihnen etwas
Neues, da die Landleute, die aus der benachbarten Gegend
in die Stadt kommen, anders gekleidet sind. Ich mußte
mich um und um drehen, damit sie mich recht betrachten
konnten. Das kleine blaue Häubchen mit schwarzen Bän=
dern, das rote Mieder, der grüne Rock, die weißen Ärmel
und weiße Schürze wurden gemustert. Du bist in der Tat
ein hübsches Kind! sagten sie. Das verdroß mich. Ich
bin kein Kind mehr! sagte ich. Da lachten sie und wollten
mir weismachen, in der Stadt nenne man auch erwachsene
Fräulein, ja mancher Herr seine Frau Gemahlin: Mein
Kind. Ich glaubte es ihnen aber nicht. Hierauf fragten
sie mich, wie ich heiße. Gretel, antwortete ich. Das ist
ein garstiger Name, riefen sie, du mußt dich Margot nennen.
Pfui, sagte ich, der Name, den Sie da nannten, kommt mir
närrisch vor. Ich habe ihn noch gar nie gehört. Kein
Mädchen in meinem Dorfe heißt so, und ich glaube auch,
keines in der Welt. Da lachten und kicherten sie noch mehr.

Die gnädige Frau aber sagte: Gretel, Gretchen, oder
das französische Wort Margot sind im Grunde einerlei
Namen, und es liegt nichts daran, wie man ihn ausspreche;
allein daran ist alles gelegen, daß die Menschen, in einem
anderen Sinne, auf ihren guten Namen halten und gute
Menschen seien.

Ich gab ihr recht, nahm die Goldstücke, die noch auf
dem Tische lagen, und wollte gehen. Da machten beide
Fräulein große Augen und fragten mich: Gehört das

Gold dir? Die Frau erzählte, wie ich dazu gekommen.
Das ist wunderbar, sagten die Fräulein, aber ein großes
Glück für dich. Nun mußt du dir sogleich, anstatt deiner
bäurischen Kleidung, so schöne Kleider wie die Stadtmäd=
chen anschaffen. Ich sagte: Das ist kein guter Rat. Die
Spinnenwebe=Kleidung der Stadtmädchen ist nicht für
Landmädchen. Die Frau sprach: Du hast recht, liebes
Gretchen! Bleibe du bei deiner hübschen ländlichen Tracht,
die mir sehr wohlgefällt. Manche Landmädchen haben mit
der einfachen, ländlichen Kleidung auch die ehrbaren länd=
lichen Sitten abgelegt, und sind eitel und frech geworden.
Wende du dein Gold besser an.

Liebste Mutter! Ich weiß die Goldstücke nicht besser
anzuwenden, als daß ich sie Euch schicke. Schickt davon
auch dem lieben Georg. Ihr beide habt das Geld nötiger
als ich.

Noch habe ich eine Bitte an Euch, liebe Mutter!
Meine Frau, die Madame Maier, freute sich, daß ich
gut spinnen kann, und das Gespinst so rein und fest ist.
Diesen Winter mußt du mir ein Stückchen Tuch spinnen,
sagte sie. — Schickt mir, liebe Mutter, daher mein nettes,
zierliches Spinnrädchen, das der selige Vater noch kurz
vor seinem Tode besonders für mich gemacht hat. Denn
ich kann an keinem andern so gut spinnen. Der Vater
war doch der beste Dreher in unserer ganzen Gegend!
Und Ihr, liebe Mutter, seid die beste Spinnerin. Ach,
wenn wir zwei so abends beisammen saßen und die Räd=
lein schnurrten, so waren wir doch recht vergnügt. Ich
werde den Winter hindurch an meinem Spinnrädchen recht
oft an Euch denken.

Lebt wohl, und macht Euch wegen der Goldstücke keine
Sorge mehr, sondern schafft Euch dafür an, was Ihr den
Winter hindurch braucht. Es wird bereits kalt. Kleidet

Euch wärmer und heizt bei diesem rauhen, unfreundlichen
Herbstwetter doch auch ein. Friert nicht mehr so, um
Holz zu sparen. Ich bin recht froh, daß ich denken kann,
wenn ich so in dem warmen Zimmer sitze, Ihr habt nun
auch ein warmes Stübchen.

Ich bleibe ewig   Eure gehorsame Tochter
Margareta.

Fünfter Brief.
Georg an seine Schwester Margareta.
Liebste Schwester!

Gott grüße Dich, Du liebe Schwester, und ihm sei Lob
und Dank, daß er durch Dich sowohl der Mutter als mir
eine so große Wohltat erwiesen hat.

Die liebe Mutter hat mir die drei Briefe, die Du
ihr geschrieben, und zwei von den Goldstücken, die Du
ihr geschenkt hast, durch die Post überschickt. Du kannst
denken, wie ich mich darüber freute.

Eure Ehrlichkeit aber freute mich noch mehr, als das
Gold; wiewohl ich das Gold auch sehr gut brauchen kann.
Es kam eben zu rechter Zeit. Denn ich habe allerlei
kleinere Kleidungsstücke notwendig, die wir Soldaten uns
selbst anschaffen müssen, wozu aber mein Sold nicht hin=
reichen will. Jetzt ist mir auf lange Zeit geholfen.

Die Sache machte indes bei dem ganzen Regiment
großes Aufsehen. Meine Kameraden wissen alle, daß unsere
liebe Mutter sehr arm ist, und nur kümmerlich zu leben
hat. Sie wunderten sich daher, woher die Mutter auf ein=
mal so viel Geld nehme. Einer hatte nämlich den Brief
an mich gesehen, und auf der Adresse die Worte gelesen:
Mit dreiundzwanzig Gulden in Gold.

Ich erzählte ihnen, wie wir zu dem Gelde gekommen,
und las ihnen den Brief der Mutter und auch Deine
drei Briefe, die sie mir mit dem Gelde geschickt hat. Allein

einige von ihnen sagten: Geh, geh, das sind Schwänke. Kein Mensch ist so närrisch, daß er so heimlicher und verstohlener Weise für seine blanken Goldstücke rote Kreuzer eintauschen möchte. Die Goldstücke sind gestohlen.

Die Sache kam vor meinen Herrn Hauptmann, der zwar noch ein junger Offizier, aber von vieler Einsicht und großer Tapferkeit ist. Er ließ mich rufen.

Nun, Ost, sagte er, wie ich höre, ist Er ja auf einmal reich geworden. Die Geschichte kommt mir aber doch etwas sonderbar vor. Hat Er die Briefe seiner Mutter und Schwester mitgebracht? O jawohl! sagte ich, überreichte ihm alle vier Briefe und legte die zwei Goldstücke, die ich noch nicht hatte wechseln lassen, auf den Tisch.

Er las die Briefe aufmerksam und mit sichtbarem Wohlgefallen. Nun wohl, mein lieber Ost, sagte er, nachdem er die Briefe alle durchgelesen hatte, Seine Mutter ist eine grundehrliche Frau und hat auch ihre Kinder, wie ich sehe, zu ehrlichen Leuten erzogen. Seine Schwester ist ein sehr rechtschaffenes Mädchen, und auch Er hat sich immer als ein recht braver, ehrlicher Bursch betragen. Habet beide eure Mutter immer so lieb, befolget ihre guten Lehren ferner, und es wird euch wohl gehen.

Noch besonders, sagte der Herr Hauptmann, gefällt mir an Seiner Schwester, daß sie gegen die alte, kränkliche Frau von Holm sich so gefällig und dienstfertig bezeigte, und ihr das Trinkwasser täglich von der gesunden Quelle außer der Stadt unentgeltlich holen wollte. Ich kenne diese Frau sehr gut. Sie ist meine Tante, und — nicht nur nach meiner Meinung, die parteiisch sein könnte, sondern auch nach dem Urteile aller, die sie näher kennen — wirklich eine ganz vortreffliche Frau.

Sollte wohl, sagte ich, diese edle Frau sich das Ver-

gnügen gemacht haben, durch Verwechslung der roten Kreu=
zer mit Goldstücken armen Leuten aus der Not zu helfen?

O nein, sprach der Herr Hauptmann. An gutem
Willen fehlt es ihr zwar nicht, allein sie ist nicht so reich,
daß sie eine kleine Gefälligkeit so überreichlich belohnen,
und einen Krug Wasser mit einem Goldstücke bezahlen
könnte. Was mit dem Kupfergelde und den Goldstücken
vorgegangen, ist zurzeit noch ein Geheimnis. Ich weiß
es nicht; das weiß ich aber ganz gewiß, wenn ihr zwei
Geschwister immer so gut bleibt, und eure Mutter so ehrt
und liebt, wie bisher, so wird Gottes Segen auf euch
ruhen, und ihr werdet unter den Menschen immer Wohl=
täter und gute Freunde finden.

Nach einigen Tagen kam ein Kamerad, der den Herrn
Hauptmann bisher bediente, nunmehr aber als Grenadier
zu einer andern Kompanie versetzt wird, und sagte zu
mir, der Herr Hauptmann lasse mich rufen und werde
mich, wie es scheine, zu seinem Bedienten nehmen. Denn
Du mußt wissen, daß mehrere Herren Offiziere sich von
Soldaten bedienen lassen.

Ich ging auf der Stelle zu ihm. Nun, Ost, sagte er,
will Er mein Bedienter werden? Da Seine Schwester so
treu und redlich, und gegen meine Tante so dienstfertig
und gefällig ist, so denke ich, Er werde es auch gegen mich
sein. — Du kannst denken, liebe Schwester, daß ich diesen
Antrag mit Freuden annahm, und daß ich versprach, ihm
ein treuer, guter Diener zu sein. Es ist ihm auch gut
dienen; er ist gar ein lieber, freundlicher Herr. Auch kann
ich die Dienste, die ich ihm zu leisten habe, neben dem
Dienste des Königs leicht versehen. Ich habe ihm bloß
täglich sein Mittagessen auf sein Zimmer zu bringen,
seine Kleider reinlich zu erhalten, und was er sonst noch
nötig hat, zu holen oder zu bestellen. Auch muß ich

sein Pferd besorgen. Dafür belohnt er mich sehr gut
und läßt von seinem Essen immer etwas für mich übrig.

Neulich, da er sehr viel zu schreiben hatte, sagte er
zu mir: Höre Er einmal, Ost! Da Seine Schwester so gut
schreibt, so wird Er wenigstens nicht schlecht schreiben.
Ihr beide seid ja in eine Schule gegangen, und beide
gleich fleißig gewesen. Will Er mir nicht die zwei Bogen
da abschreiben?

O recht gern, sagte ich, so gut ich es nämlich kann.
Ich brachte sie ihm am andern Morgen. Er war damit
sehr zufrieden, und sagte lächelnd und im Scherze: Vor=
trefflich, Herr Sekretär! Nun gibt er mir immer abzu=
schreiben, und belohnt mich dafür besonders. Ich stehe
nun so gut, als mancher reiche Bauernsohn, der zu seinem
Solde noch eine große Zulage von Hause erhält.

Sieh, liebe Schwester, so haben Deine Briefe und
Deine Kreuzer mir ein solches Glück beschert. Wir wollen
Gott dafür danken, daß er alles so gut fügte und wollen
ferner auf ihn vertrauen.

Nun geht es bald wieder ins Feld. Bete, daß Gott
mich und meinen lieben Herrn Hauptmann unter feind=
lichen Kugeln und Schwertern bewahre. Sei aber, weil ich
mich so vielen Gefahren aussetzen muß, nicht traurig und
kleinmütig. Gott gibt mir einen fröhlichen Mut, für mein
Vaterland zu streiten. Auch der Mut unsers Herrn Haupt=
manns belebt den meinigen. Er sagt öfter: Es ist süß
und rühmlich, für das Vaterland zu sterben. Er hat recht,
ja ich glaube, es ist auch wahrhaft christlich, für sein Volk
Blut und Leben darzugeben. Sollte ich Dich und die
liebe Mutter in dieser Welt nicht mehr sehen, so sage ich
euch hiemit Lebewohl. Ach, es wäre mir freilich recht
leid, wenn ich das viele Gute, das die Mutter uns getan
hat, ihr nicht mehr vergelten könnte. Auch das betrübt

mich, daß ich mich dann Deiner, liebe Schwester, nicht mit Rat und Tat werde annehmen können! Allein der gütige Gott wird, wenn er mich zu sich ruft, für euch beide sorgen — und in dem Himmel sehen wir uns ja alle wieder!

Gott sei mit Dir, liebste Schwester, und mit

Deinem treuen Bruder
Georg Ost.

Sechster Brief.

Margareta an ihre Mutter.

Liebste Mutter!

Gottlob, daß es Friede ist! Ihr wißt zwar dies schon längst. Man hat ja dem lieben Gott in allen Kirchen dafür gedankt! Aber wir finden täglich neue Ursachen, Gott zu danken.

Viele Beurlaubte sind schon zurückgekommen. In vielen Häusern ist Freude; in manchem Hause aber auch Trauer über die Gebliebenen, die nie mehr zurückkehren, und es werden viele schmerzliche Tränen vergossen.

Aber ich, liebe Mutter, mußte gestern Freudentränen vergießen. Denn, denkt nur, gestern kam Georg ganz unerwartet hierher. Ich kann es Euch gar nicht sagen, was für eine Freude ich hatte.

Anfangs erschrak ich zwar nicht wenig, als ein großer, ansehnlicher Soldat mit einem Schnurrbart und einem fürchterlichen Säbel an der Seite, in die Stube trat, und auf mich zueilte. Ich schrie vor Schrecken laut auf. Er aber lachte und sagte: Kennst du mich denn nicht mehr, liebe Schwester? Da sah ich erst, daß es Georg sei, und war vor Freude fast außer mir. Das Herz klopfte mir nun vor Freude fast noch mehr, als zuerst vor Schrecken.

Georg erkundigte sich nun vor allem recht angelegent= lich nach Euch. Er läßt Euch tausendmal grüßen und

Euch sagen, daß er, sobald als möglich, selbst kommen und Euch besuchen werde.

Meine Frau ließ eine Flasche Wein, Brot und drei Gläser bringen, und sagte zu mir: Die Ankunft deines Bruders muß gefeiert werden, und wir müssen auf seine Gesundheit trinken.

Er setzte sich nun zu mir und meiner Frau an den Tisch, und erzählte, wie es im Kriege ihm ergangen sei. Die merkwürdigste Begebenheit für uns, liebe Mutter, ist, daß er seinen vortrefflichen Herrn Hauptmann aus der Hand der Feinde vom Tode errettet hat. Der gute Herr war verwundet und sein Pferd erschossen worden. Er war auf ein Knie gesunken. Ein feindlicher Husar hatte schon den Säbel geschwungen, ihm den Kopf zu spalten. Georg kam eben noch im rechten Augenblicke, hielt den Hieb auf, und schlug sich mit dem ergrimmten Husaren tüchtig herum. Mehrere feindliche Soldaten kamen herbei; aber auch Georgs Kameraden eilten auf seinen Ruf: Rettet unsern Hauptmann! ihm zu Hilfe. Die Feinde wurden in die Flucht gejagt. Georg verband seinen Herrn, bis man den Feldarzt rufen konnte, brachte ihn mit Hilfe seiner Kameraden in eine Bauernhütte und verpflegte ihn auf das sorgfältigste. Der Herr wurde wiederhergestellt; die Wunde ist ganz geheilt und bringt ihm keinen weitern Nachteil. Sie ist aber für ihn, sagte Georg, noch ein schöneres Ehrenzeichen, als das Ordenszeichen, das seine Brust ziert.

Der Herr Hauptmann, der bei der Frau von Holm, seiner Tante, hier im Hause ist, sagte zu Georg: Ich muß deine gute Schwester doch auch kennen lernen. Rufe sie! Als ich hereintrat, sagte er: Es freut mich, die Schwester des Mannes kennen zu lernen, der mir das Leben gerettet hat. Ich werde mich gegen ihn gewiß dankbar beweisen, und auch dir und deiner Mutter so viel Gutes tun, als ich kann. Schreib das deiner Mutter, und grüße sie mir recht herzlich. Eine Mutter, die so gute Kinder erzogen hat, kann man nicht genug ehren.

Heute früh reiste der Herr Hauptmann wieder ab, denn er eilt sehr, seinen Vater und seine Mutter, die beide noch am Leben sind, je eher, je lieber, wiederzusehen. Georg begleitete ihn, und gab mir noch beim Abschiede viele tausend Grüße an Euch auf.

Frau von Holm, die immer recht gnädig gegen mich war, ist jetzt noch viel freundlicher. Sie trat heute, als sie aus der Kirche kam, in unsere Stube, und sagte zu mir: Ich habe eben Gott gedankt, daß er mich meinen Karl wiedersehen ließ. Ich mußte weinen vor Freuden, als Karl mir erzählte, aus welcher großen Gefahr dein Bruder ihn errettet hat. Sieh, sagte sie, wieviel Gutes die roten Kreuzer gestiftet haben. Hättest du diese Kreuzer aus kind= licher Liebe nicht sogleich deiner Mutter geschickt, so wäre dein Bruder nicht Karls Bedienter geworden, und Karl wäre vielleicht nicht mehr am Leben. Gott hat auf dieses dein kindliches Geschenk einen großen Segen gelegt.

Das ist wohl wahr, sagte die Kammerjungfer, die ihre Frau begleitete; aber ich möchte doch nur wissen, wie die roten Kreuzer aus dem Briefe herausgekommen, und wie die Goldstücke dafür hineingekommen sind!

Frau von Holm sagte: Das möchte ich auch gerne wissen; allein nicht aus bloßer Neugierde, sondern um dem unbekannten Wohltäter, der das Gold in den Brief tat, zu danken. Wir wollen indes Gott danken, der durch Menschen den Menschen Gutes erweiset! Gott wolle die edle Seele, die nur er kennt, und durch die er uns so großes Heil widerfahren ließ, reichlich dafür segnen.

Um das, liebste Mutter, wollen wir den lieben Gott

täglich bitten. Ich werde aber Gott doch auch bitten, er wolle es an den Tag kommen lassen, wer uns für die Kupfermünzen Goldstücke gegeben, und uns so viele Freude gemacht hat. Ihr habt die sechs Goldstücke recht gut verteilt, indem Ihr zwei für Euch verwendet, zwei dem Bruder geschickt, und zwei für mich aufbewahrt habt. Ihr wünschet gewiß auch, sowie ich und der Bruder, die milde Hand zu küssen, durch die Gott uns so viel Gutes getan hat.

Lebt indes wohl! Ich verbleibe mit einem Herzen voll der kindlichsten Liebe   Eure gehorsame Tochter
Margareta.

Siebenter Brief.
Georg an seine Mutter.

Liebste Mutter!

Es ist mir sehr leid, daß mein herzlicher Wunsch, Euch wiederzusehen, bisher noch nicht erfüllt worden. Ich konnte meinen lieben Herrn Hauptmann, der an mich so gewöhnt ist, und so großes Vertrauen in mich setzt, doch unmöglich allein reisen lassen! Ich hoffe aber nun recht bald zu Euch zu kommen, um dann auf immer bei Euch zu bleiben.

Wirklich habe ich Euch recht viel Angenehmes zu schreiben. Denkt nur, es ist jetzt aufgekommen, wer anstatt der Kupferkreuzer die Goldstücke in den Brief der Schwester getan hat.

Gestern kamen wir, mein Herr und ich, wieder hierher zu der Frau von Holm. Wir vernahmen sogleich, daß der Herr Oberst unseres Regimentes sich hier bei einem seiner Verwandten befinde. Mein Herr eilte sogleich zu ihm. Der Herr Oberst machte ihm einen Gegenbesuch, und wollte auch die Frau von Holm kennen lernen. Die Frau lud ihn zum Essen ein. Er speiste da mit noch einigen Gästen. Ich mußte bei Tische aufwarten.

Die gnädige Frau erzählte während der Mahlzeit die Begebenheit mit den roten Kreuzern. Alle fragten begierig, ob das Geheimnis, wer das Gold in den Brief getan habe, noch nicht entdeckt sei.

Der Oberst, der gar ein heiterer, freundlicher Herr und auch sehr reich ist, lächelte und sagte: Da kann ich dienen. Weil ich sehe, daß Ihnen so viel daran liegt, so muß ich schon mit der Sprache heraus.

Während des Krieges, so erzählte er, waren wir auf alle Briefe sehr aufmerksam. Wir wußten, daß sich Spione in unserm Lande befanden, und dem Feinde von allem, was ihm nützlich und uns nachteilig sein könnte, Nachricht gaben. Da wurde mir nun ein Paket Briefe gebracht, die teils an die Post, teils an Boten abgegeben worden. Ein Brief darunter hatte die Aufschrift: An Frau Ost, verwitwete Drechslermeisterin, mit sechs Kreuzern beschwert. Dies kam mir etwas seltsam vor. Was soll das sein? dachte ich. Das Porto kostet ja mehr als sechs Kreuzer. Ich schöpfte Verdacht. Die Spione suchen oft ihre Nachrichten unter einfältigen Adressen weiterzubefördern, und an ganz gemeine Leute zu adressieren, auf die man den wenigsten Verdacht haben könnte. Ich öffnete den Brief. Je, dachte ich, den seligen Dreher Ost habe ich ja gekannt! Er war aus meiner Herrschaft Kornfeld gebürtig, und ein sehr guter Mann. Er hat mir zu meinen Tabakspfeifen manches schöne Rohr gedreht. Gott habe ihn selig!

Der kindliche Brief der Tochter an die Mutter rührte mich innig. Ich hatte tags zuvor eine Rolle Goldes erhalten, das mir eben nicht nötig war, nahm die Kreuzer aus dem Brief heraus und legte dafür die Goldstücke in den Brief. Nun, Gott sei Dank, daß dieser augenblickliche Einfall unter Gottes Leitung so viele freudige Begebenheiten veranlaßt hat.

Ich dachte, sagte der Oberst weiter, es werde bei
Tische wohl von den roten Kreuzern die Rede sein. Ich
habe die sechs Kreuzer zum Andenken aufbewahrt, und
bringe sie hier mit, um sie an die beteiligten Personen
auszuteilen. Denn da Gott diese roten Kreuzer so gesegnet
hat, so wird jedem aus uns ein solcher roter Kreuzer lieber
sein, als ein Goldstück. Er gab einen davon der Frau von
Holm und einen dem Herrn Hauptmann. Und einen, sagte
er, behalte ich für mich. Die übrigen drei legte er neben
seinen Teller. Diese, sagte er, sind für Georg, seine Mutter
und seine Schwester bestimmt.

Frau von Holm sprach, indem sie den Kreuzer zwischen den Fingern hielt und betrachtete: Dieser rote Kreuzer, an den sich so teure Erinnerungen knüpfen, indem
er durch Gottes Leitung die Veranlassung gab, daß meinem
Neffen das Leben gerettet wurde, soll mir ein so teures
Andenken sein, als eine goldene Denkmünze.

Mein Herr sagte: Meine Eltern sind auf meine Bitte
darauf bedacht, sich meinem Georg erkenntlich zu bezeigen,
und seiner Mutter unter die Arme zu greifen. Das Haus
der guten Witwe ist wegen des zu frühen Todes ihres
Mannes und wegen verschiedener Unglücksfälle überschul-
det. Georg hat wenig Hoffnung, das Haus schuldenfrei zu
machen, und sich darauf zu setzen. Wir haben daher, da
ich dem Sohne so vieles zu danken habe, uns vorgenommen,
ihn mit einer Summe Geldes zu unterstützen.

Nun, sagte der Herr Oberst, dazu werde ich mit
Freuden beitragen.

Nach Tische, als die übrigen Gäste sich entfernt hatten,
ließ der Herr Oberst mich rufen, und beriet sich mit Frau
von Holm und meinem Herrn über unsere Angelegenheiten.
Es wurde von ihnen beschlossen, die unverschuldeten Schulden des seligen Vaters zu bezahlen, und mich so zu stellen,

daß ich mein Gewerbe sorgenfrei und mit Nutzen betreiben könne. Der Herr Oberst versicherte, er werde, da es jetzt Frieden ist, meine Entlassung aus dem Kriegsdienste bewirken, damit ich alsdann sogleich das Haus mit der Werkstätte übernehmen könne. In weniger als einem Monate wird alles berichtigt sein.

Hierauf befahl mir der Herr Oberst, meine Schwester heraufzuführen. Er grüßte sie sehr freundlich, lobte sie, gab ihr die drei roten Kreuzer und sagte: Teile sie mit deiner Mutter und deinem Bruder, und sei immer eine so gute Tochter und Schwester, wie bisher. Euch beiden Kindern sollen diese Kreuzer ein Andenken sein und euch sagen: Gott belohnt die kindliche Liebe. Eure Mutter aber wird, so oft sie ihren Kreuzer ansieht, sich freuen, daß sie euch Kinder so gut erzogen hat.

Nun, liebste Mutter, wollen wir Gott danken, der uns aus allen Nöten und Trübsalen so gnädig errettet hat. Bald werde ich zu Euch kommen! Und da Ihr wegen Eures Alters die Hausgeschäfte nicht mehr wohl besorgen könnet, so werde ich meine liebe Schwester mitbringen. Wir drei wollen dann in Liebe und Eintracht ein recht seliges Leben führen.

Wir, ich und Margarete, Eure liebevollen Kinder, können Gott nicht genug danken, daß er uns dazu hilft, Euch ein fröhliches Alter zu bereiten.

Ich und Margareta, die diesen Brief mitunterzeichnet, sind mit gleicher kindlicher Liebe

Eure ewig dankbaren Kinder
Georg und Margareta.

Die Margaretablümchen.

Frau Berchtold, eine verständige und tugendhafte Bürgersfrau in der Stadt, ging an einem Sonntag vor das Tor, wo sie eine große Wiese hatte. Die kleine Marie, ihr Töchterchen, ging, weiß gekleidet und ein niedliches Strohhütchen auf dem Kopfe, ihr sittsam zur Seite. Es war ein unvergleichlich schöner Frühlingstag, und die Wiese war bereits mit dem schönsten Grün und mit den ersten Frühlingsblümchen geschmückt.

„Wie hell und blau ist doch heute der Himmel!" sagte Marie, „und wie schön grün ist unsere Wiese, und mit den kleinen weißen Blümchen da, wie mit Sternlein besät. Wie der blaue Himmel zu Nacht mit goldenen Sternlein prangt, so ist jedes grüne Plätzchen auf Erden mit lieblichen Blümchen geziert. Das gefällt mir sehr wohl; der liebe Gott hat doch alles recht schön gemacht."

Marie pflückte einige Blümchen und sagte: „Sie sind in der Tat recht artig. Das innere Scheibchen ist unvergleichlich schön gelb, und die zarten, weißen Blättchen stehen wie Strahlen umher. Und sieh nur, liebe Mutter, wie die Spitzchen der weißen Blättchen so schön rosenrot sind! Auch die kleinen Knösplein da sind schön weiß und grün und rund wie Perlen. Wir nennen diese Blümchen nur Wiesenblümchen. Allein man kann ja alle Blumen, die auf den Wiesen wachsen, Wiesenblumen nennen. Haben diese Blümchen hier nicht noch einen besonderen Namen?"

„O jawohl!" sagte die Mutter. „Man nennt sie
auch Angerblümchen, weil man wohl keinen grünen Anger
oder irgend einen Rasenplatz findet, auf dem sie nicht
zu sehen wären. Man nennt sie Monatblümchen; denn
es ist kaum ein Monat im Jahr, in dem sie nicht blühen;
es sei denn, daß Eis und Schnee die Erde bedecke. Sie
heißen auch Gänseblümchen, vermutlich, weil die zarten,
grünen Blättchen der Stöcklein den jungen Gänsen zur
ersten Nahrung sehr willkommen sind. Gewöhnlich nennt
man diese Blümchen auch Maßliebchen."

„Maßliebchen!" rief Marie; „das ist ein seltsamer
Name. Sage mir doch, liebe Mutter, wie sie zu diesem
Namen gekommen, und was er bedeutet?"

„Ich weiß nicht gewiß," sprach die Mutter, „ob ich
dir dieses genau sagen kann. Ich denke aber, man gab
diesen bescheidenen Blümchen diesen Namen, weil sie mit
einem so einfachen, prunklosen Schmucke sich begnügen,
und doch ein ganz feines, artiges Aussehen haben. So
sollen auch wir in allem, besonders aber im Putze das
Maß lieben. Diese Blümchen sind nur mit reinem Gelb
und Weiß, und etwas wenigem zarten Rot geschmückt,
und dennoch gefallen sie. Wenn du, wie eben jetzt, in
deinem Staate erscheinst, so hast du ein gelbes Strohhüt=
chen auf und ein weißes Kleidchen an, das nur mit einer
blaßroten Schleife geziert ist. Dieser einfache Schmuck
steht dir sicher besser als alle blendende Farbenpracht. Ich
wünsche, du möchtest in deinem Putze, ja in allen Dingen,
immer so das Maß lieben. Ja, sei auch du immer ein
Maßliebchen."

Marie sagte: „In unserem Garten am Hause haben
wir keine Blumen, sondern nur Gemüse. Dürfte ich nicht
einige Stöckchen von diesen Blümchen auf das Gartenbeet=

chen verpflanzen, das du mir angewiesen und mir erlaubt
haft, darauf zu pflanzen, was ich nur wolle?"

„O ja, warum nicht?" sprach die Mutter. „Tue es
immerhin. Diese Blümchen gehören auch zu den nütz-
lichen Gewächsen. Man kann die grünen Blättchen als
Salat genießen, oder sie doch unter den Salat oder auch
unter den Spinat mischen. Auch dienen sie zur Arznei;
ich selbst habe eine Freundin, die anfing an der Lunge zu
leiden, und, wie sie behauptet, durch die grünen Blättchen
dieser Blumenstöcklein geheilt wurde. So vereinen diese
Blümchen mit dem Angenehmen das Nützliche. Möchten
auch wir dieses immer tun."

Marie ging am folgenden Tage auf die Wiese, stach
mehrere Stöcklein, die kleine Knospen hatten, aus, und
setzte sie in zierlichen Reihen, wie die Mutter mit den Kohl-
und Salatpflänzchen zu tun pflegte, auf ihr Beetchen. Das
Erdreich war hier das allerbeste. Marie wartete der kleinen
Stöckchen auf das sorgfältigste. Sie lockerte den Grund
umher öfter aus, sie jätete jedes Unkräutchen oder Gräschen,
das ihnen hätte die Nahrung entziehen können, fleißig
aus, und sie vergaß nicht, die Stöckchen zu begießen, wenn
es einige Zeit nicht regnete.

Als die Knöspchen hervorkamen, und endlich die Blümchen erschienen, war Marie nicht wenig erstaunt. Es waren
ganz andere und viel schönere Blümchen, als die Stöcklein
zuvor getragen hatten. Die Blümchen hatten die weißen
Blättchen, die sonst das Gelbe umgaben, nicht mehr; allein
die früherhin gelben Scheibchen waren nun viel größer,
dunkelrot oder blaßrot, und wie aus kleinen zarten Röhr-
chen zusammengesetzt.

Marie lief eilig zur Mutter und rief: „Mutter, o
komm doch und sieh, was für ein Wunder sich mit meinen

Blümchen zugetragen hat! Du kennst sie sicher nicht mehr, so schön sind sie geworden."

Die Mutter ging mit ihr. „Sieh nur, wie schön!" rief Marie, „und sage einmal, gleichen diese Blümchen nicht geschnittenem Samt?"

„In der Tat," sagte die Mutter, „du hast recht, sie sind dem Samt ähnlich. Deshalb nennt man auch solche veredelte Wiesenblümchen in einigen Gegenden Samtblüm= chen. Du siehst da, wie sehr diese gemeinen Blümchen sich durch sorgfältige Pflege verschönern und veredeln lassen."

Marie war über die wunderbare Verwandlung der Maßliebchen in Samtblümchen so entzückt, daß sie noch eine Menge Stöckchen von der Wiese holte, ihr Gartenbeet= chen ganz damit besetzte und sie aufs sorgfältigste pflegte. Und da gab es denn wieder ein neues Wunder. Sie fingen an zu blühen, und als sie nun in voller Blüte standen, sieh, da war das Gelbe in der Mitte ganz verschwunden; die äußeren Strahlenblättchen hingegen hatten sich so ver= vielfältigt, daß die ganzen Blümchen aus lauter solchen zarten Blättchen bestanden, die zusammen die niedlichsten Blümchen bildeten. Einige Blümchen waren weiß wie Schnee, andere blaßrot, noch andere rosenrot; und alle waren in einiger Entfernung wunderschönen, kleinen Rös= chen ähnlich.

Marie, die eines Morgens die schönen Blümchen er= blickte, sprang wieder eilig zur Mutter und rief: „O komm doch, liebste Mutter! Nun kannst du an meinen Blümchen wieder etwas Neues sehen! Da sieh einmal und staune. Ich denke, wenn ich so fortfahre, die gemeinen Maßlieb= chen zu pflegen, so kommen noch tausenderlei schöne Blüm= chen zum Vorschein."

„Das ist wohl möglich," sagte die Mutter; „man nennt diese Blümchen deshalb auch Tausendschönchen. Diese

Erscheinung ist indes nicht so neu, als du denkst. Schon viele Blumengärtner haben die gemeinen Maßliebchen längst vor dir veredelt; die Tausendschönchen gehören nunmehr unter die gewöhnlichen Gartenblumen.

„Und so," fuhr die Mutter fort, „kann man auch durch sorgfältige Pflege und Wartung alles in der Natur vervollkommnen und veredeln. Wie mit diesen veredelten Maßliebchen, ging es mit den meisten Blumen und Früchten. Viele der schönsten Gartenblumen stammen von gemeinen Feldblumen ab; ja die köstlichsten Äpfel und Birnen nur von Bäumen, die ehemals ganz gemeine Holzäpfel und Holzbirnen trugen. So belohnt Gott die Aufmerksamkeit und den Fleiß der Menschen; so machte er den Menschen zum Herrn der Natur. Aber selbst der Mensch," sprach die Mutter weiter, „gelangt erst durch eine weise und gute Erziehung zu seiner Vollkommenheit. Nur schade, daß manche Kinder sich nicht so leicht wollen veredeln lassen, als diese Blümchen hier; ja, daß nicht wenige Kinder durch Eigensinn, Ungehorsam und Widerspenstigkeit die vortrefflichste Erziehung vereiteln. Lerne du, liebes Kind, das Glück einer guten Erziehung, die ich dir zu geben bemüht bin, nicht gering achten, sondern mache, daß sie an dir auf das vollkommenste gelingen möge."

Mariens veredelte Blümchen vermehrten sich sehr; das ganze Gartenbeetchen, auf das sie sonst gar keine andern Blumen oder Gewächse pflanzte, wurde von den grünen Blättchen überzogen, und glich einem dichten grünen Rasen. Marie glaubte, die schönen Blümchen hätten nun keiner weiteren Pflege mehr nötig, und ließ sie wachsen, wie sie wollten. Allein bald erstaunte Marie aufs neue, nur nicht auf eine so angenehme Art, wie zuvor. Die schönen Samtblümchen und die niedlichen Tausendschönchen wurden nach und nach wieder ganz gemeine Wiesenblümchen, wie sie zuvor gewesen.

„Ach, das ist doch recht ärgerlich!" rief Marie. „Ich hätte nicht geglaubt, daß ich an diesen Blümchen, die mir so viele Freude gemacht, noch einen solchen Verdruß erleben sollte. Sage mir doch einmal, liebste Mutter, wo es herkomme, daß sie so ausarteten!"

Die Mutter sprach: „Die Ursachen dieser unglücklichen Veränderung lassen sich leicht angeben. Die erste Ursache ist diese: Du hast diese Blümchen vernachlässigt, du sorgtest nicht mehr dafür, daß der Boden hinreichend gedüngt war; du dachtest nicht daran, sie zu begießen; du ließest sie zu dicht aufeinander stehen und reutetest das Unkraut nicht aus. Deshalb wuchsen sie wieder nach ihrer vorigen gemeinen Art und Weise. Nur fortgesetzte Pflege kann die veredelten Blümchen schön und edel erhalten, ohne Pflege verwildern sie. So ist es auch mit der Erziehung der Menschen. Die erste Erziehung mag noch so vortrefflich sein, und die heranwachsende Jugend mag noch so gut gebildet werden, wenn man sie zu frühe sich selbst überläßt, so artet sie auch bald wieder aus. Laß es dich also nicht verdrießen, wenn ich bei dir noch immer vieles zu erinnern, dich zu ermahnen, dir manches zu wehren nötig finde. Du bist zwar, seit du diese ersten Blumenstöckchen in unsern Garten versetztest, größer und älter, und wohl auch frömmer und besser geworden. Allein du hast doch noch eine beständige Aufsicht und Leitung notwendig. Gehorche mir daher willig — damit du nicht gleich diesen Blümchen ausarten mögest.

„Eine andere Ursache, warum diese veredelten Gartenblümchen wieder ganz gemeine Wiesenblümchen wurden, ist diese: Ich ließ zunächst an deinem Blumenbeetchen ein Stückchen Land zu einem grünen Rasenplätzchen liegen,

um Garn darauf zu bleichen. Eine Menge gemeiner Maßliebchen wuchsen auf dem grünen Rasen. Und da behaupten nun erfahrene Blumengärtner, daß die gemeinen
Wiesenblümchen diese veredelten Gartenblümchen verderben,
und sie wieder verwildern und in ihren ersten Naturzustand
zurückkehren machen. Es liegt darin eine feine Warnung,
daß man die Gesellschaft unedler und ungesitteter Menschen
fliehen müsse, wenn man ihnen nicht gleich werden wolle.
Böse Gesellschaft verderbt gute Sitten. Du siehst da auch,
liebe Marie," fügte die Mutter noch bei, „daß Gott in
die Natur viele gute Lehren legte, die uns großen Nutzen
bringen können, wenn wir anders die Natur aufmerksam
betrachten, diese guten Lehren aufzufinden wissen — und
sie dann auch befolgen."

Marie pflegte nun ihrer Blumen mit neuer Sorgfalt,
entfernte die unveredelten Blumen aus der Nachbarschaft
und siehe da — ihre Blumen, die sie ihre Pflegekinder
nannte, veredelten sich wieder, und wurden immer schöner
und schöner.

Aber auch Marie selbst gab den Ermahnungen ihrer
Mutter Gehör, und vereitelte die Bemühungen dieser ihrer
mütterlichen Erzieherin nicht durch Eigensinn und Un-
folgsamkeit; sie mied die Gesellschaft ungesitteter junger
Leute. Sie wurde ein sehr edles, tugendhaftes Mädchen
und blühte schöner als alle ihre Blumen.

Marie erkannte mit Dank, daß ihre Mutter ihr eine
so gute Erziehung gegeben. Als einst der Namenstag
ihrer Mutter wiederkam, führte sie ihre Mutter an ein
schönes, grünes Rasenstück im Garten, auf dem der Namen
der Mutter von abwechselnden dunkelroten, weißen und
rosenfarbenen Samtblümchen und Tausendschönchen auf
das lieblichste blühte. „Du, liebste Mutter," sprach sie,
„hast mehr Sorge auf mich verwendet, als ich auf diese

Blümchen. Diese Blümchen haben meine wenige Pflege dankbar vergolten, wie könnte ich weniger dankbar sein? Laß dir diesen meinen kleinen Dank für deine große Mühe gefallen!"

Die Mutter freute sich ihrer wohlgesitteten, bescheidenen und dankbaren Tochter. „Liebe Tochter," sprach sie, „diese Blümchen sollen nun dir zu Ehren Mariablümchen heißen."

„O nein!" sagte die Tochter, „sie sollen deinen Namen tragen, den sie hier abbilden — den Namen Margareta."

Die Mutter nannte die Blümchen von nun an Marienblümchen, wie man sie hier und da noch nennt. Die Tochter aber, und in der Folge auch andere Menschen, nannten die lieblichen Blümchen am liebsten Margaretablümchen.

Das alte Raubschloß.

1. Die Köhlerfamilie.

Tief im Gebirge lebte einmal vor uralter Zeit der ehrliche Kohlenbrenner Ruprecht. Sein hölzernes Wohnhaus stand auf einem großen Felsen, den ein enges, grünes Tal umgab. Ein kleiner, silberheller Bach floß durch das Tal; zuzeiten schwoll er aber fürchterlich an und wälzte dann, weiß von Schaum, abgerissene Felsentrümmer und entwurzelte Bäume mit sich fort. Ringsumher erblickte man eine schauerliche Wildnis. Waldige Berge schlossen das Tal ein, über deren düstere Fichten und Tannen weiterhin himmelhohe, mit Schnee bedeckte Felsengipfel emporragten. Man sah hier keine Spur von Menschenwerken, als die Köhlerhütte, einige in den Felsen eingehauene Staffeln, und den Steg über den Bach, welcher dazu führte.

Doch befand sich in einiger Entfernung noch ein alter Steinbruch, dessen buntes Gestein sehr malerisch zwischen grünem Gebüsche hervorschien, und auf einem etwas entfernteren Berge erhob sich der halbzerfallene Turm, nebst den Trümmern von den Mauern eines alten Raubschlosses.

In dieser tiefen Einsamkeit wohnte Ruprecht mit seinem Weibe Hedwig und seinen zwei Kindern Niklas und Thekla. Oft kam mehrere Wochen hindurch kein Mensch hierher. Nur Hasen und Rehe ließen sich fast täglich in dem Tale blicken, und manchmal kam am hellen Mittage ein Hirsch aus den Wäldern herab und trank aus dem Bache.

Ruprecht fällte fleißig Holz und brannte bald da, bald dort im Walde Kohlen. Hedwig besorgte die Hauswirtschaft und spann sehr fleißig. Niklas hütete die wenigen Ziegen, die an den steilen Bergen kletterten; Thekla aber weidete die kleine Herde von etwa zehn Schafen, die friedlich in dem grünen Tale und auf den niedrigen Hügeln umher grasten. Die kleine Familie lebte bei Gottesfurcht, Liebe und Eintracht höchst vergnügt, und wünschte sich nichts mehr. Die Kinder meinten, nirgends sei es so schön und herrlich, als in ihrer Wildnis.

Den Kindern war Wald und Gebirge ihre Welt. Auch hier fanden sie unter der Anleitung ihres verständigen Vaters und ihrer frommen Mutter einen reichen Schauplatz der Herrlichkeit Gottes. Die niedrigen Erdbeerstauden und Heidelbeersträucher voll roter und schwarzer Beeren machten ihnen viele und große Freude. Wann die Kinder seltenere schöne Blumen fanden, brachten sie dieselben voll Freuden nach Hause — so den purpurroten Fingerhut und das dunkelblaue Eisenhütlein, vor deren giftigen Eigenschaften jedoch der Vater sie warnte. An einem Zweige des Spindelstrauches mit den schönen, karminroten Früchten, die den Baretten gleichen, oder an einem Aste voll Eicheln, die in so zierlichen grünen Schüsselchen stecken, hatten die Kinder, so arm sie waren, oft mehr Freude, als den reichsten Kindern die kostbarsten Spielzeuge gewähren können. In dem klaren Bache, dessen beide Ufer zur Freude der Kinder reichlich mit Blumen prangten, gab es schöne Forellen, und auf Ruprechts Tisch kam manche Goldforelle, die einer fürstlichen Tafel zur Zierde gereicht hätte.

In dem nahen Steinbruche fand man vorzüglich schöne Versteinerungen. Manche Steine des gelblichen Schiefertons enthielten die herrlichsten Abdrücke von Kräutern, Blättern und Blumen. Niklas trieb seine Ziegen sehr oft in diese Gegend, suchte sich immer einige der schönsten Stücke aus, nahm sie mit nach Hause, und brachte nach und nach einen ansehnlichen Vorrat zusammen. Reisende, die zuzeiten in das Gebirge kamen, kauften davon, und der gute Knabe gab das erlöste Geld allemal mit Freuden seinem Vater.

Die größte Freude machte es dem guten Niklas, wenn er abends, nachdem er seine Ziegen eingetrieben hatte, den Vater im Walde besuchen, und mit ihm in dem Hüttchen aus Tannenästen bei dem rauchenden Kohlenmeiler über= nachten durfte. Von hier aus konnte man das alte Raub= schloß sehr gut sehen. Wann hier die Sonne bereits unter= gegangen war, und die Tannen umher wie schwarz aus= sahen, leuchtete der alte Turm im Glanze der Abendsonne noch hell wie Glut.

Niklas sagte einmal: „Ich bin begierig zu wissen, wie es innen in dem alten Schlosse aussieht. Ich werde, wenn ich wieder einmal mit meinen Ziegen dahin komme, den Berg vollends besteigen, um die zerstörte Burg näher zu beschauen.“ Der Vater warnte ihn mit aufgehobenem Zeigefinger und sprach: „Tue das nicht, Niklas! Die alten Mauern sind sehr baufällig. Es könnte dir dort leicht ein Unfall begegnen.“

Der Knabe fragte: „Aber wie ist es denn zugegangen, daß diese herrliche Burg so greulich zerstört worden?“

Der Vater erzählte ihm von dem bösen Ritter, der einmal dort gehaust hatte, allerlei schauerliche Geschichten. Dem guten Niklas wurde angst und bange, als er vernahm, wie der Bösewicht die Leute weit umher beraubt und gleich dem reichen Prasser gelebt habe, bis endlich sein Maß voll geworden, und wie er dann gefangen, durch das Schwert hingerichtet, und die Burg durch Feuer zerstört wurde.

Am Ende der Erzählung sagte der Vater: „Siehst

du, so geht's! Der Bösewicht besteht nicht, er ist wie das
Gras auf den öden Mauern dort oben, das bald verdorrt.
Gott bestraft alles Böse. Wäre der Ritter ein braver Mann
gewesen, so stünde das Schloß jetzt noch in seiner Herrlich=
keit da, und wäre wohl noch bis auf den heutigen Tag
von seinen Nachkommen bewohnt. So aber ist dieser Turm
ein Denkmal der Strafgerichte Gottes für unsere und alle
künftigen Zeiten."

2. Der junge Fuchs.

Eines Tages trieb Niklas seine Ziegen in die Nähe
des Steinbruches. Während die muntern Tiere an den
Gesträuchen nagten, suchte er nach Versteinerungen. Da
hörte er mit einem Male etwas seltsam wimmern. Er
sah nach und erblickte in einer der Steingruben einen jungen
Fuchs, der da hinabgestürzt war und an den steilen Wän=
den vergebens heraufzuklettern suchte.

Niklas hatte Mitleid mit dem armen Tier, fand ein
Stück einer halbverwitterten Tanne, bediente sich derselben
als einer Leiter, kletterte an den Überbleibseln der Äste
hinab, und kam mit dem verunglückten Tiere glücklich
wieder herauf. Er trug den Fuchs nach Hause, um ihn
dem Vater zu zeigen.

„Je," sagte die Schwester, als Niklas in die Stube
trat, „was hast du denn da für einen seltsamen Hund?"

„Das ist ein junger Fuchs," sagte der Vater, „nur
wenige Monate alt. Das arme Tier sieht sehr abgemagert
und halb verhungert aus."

Der Knabe erzählte, wie er ihn bekommen habe.

„Nun wundert's mich nicht, daß er Hunger haben
mag!" sagte der Vater. „Von dir aber ist es schön, daß
du dich des verschmachtenden Tieres barmherzig angenom=

men hast." Die Mutter brachte ein irdenes Schüsselchen
Ziegenmilch, und das arme Tier leerte und leckte es sogleich mit größter Begier bis auf den letzten Tropfen aus.

„Du magst den jungen Fuchs behalten und aufziehen,"
sagte der Vater. „Er vermehrt zwar unsere Tischgesell-
schaft um einen Kopf; allein für einen solchen Kostgänger
bleibt immer etwas übrig." Der Fuchs fand sich auch
allemal richtig bei der Mahlzeit ein, lernte alles fressen,
und hielt sich immer zu dem Hause, als wenn er dazu
gehörte. Sein größter Wohltäter aber blieb Niklas. Er
fütterte ihn immer sehr reichlich, und das Tier war ihm
sehr zugetan, ließ ihn mit sich spielen, machte allerlei
muntere Sprünge, und lief ihm, wie ein zahmes Hündlein,
überall nach.

Allein bald zeigte sich des Fuchses räuberische Natur.
Er stahl der Mutter ein Hühnlein, und verzehrte es heimlich in dem Gebüsche hinter der Hütte. Die Mutter kam
dazu und fing an laut zu jammern und zu zanken. Der
Vater wollte den Dieb totschlagen. Niklas weinte und
bat, den armen Schelmen zu verschonen. „So mag er
denn leben," sagte der Vater, „aber fort muß er."

Den Tag darauf kam der Schmied aus dem nächsten
Dorfe mit einem Wagen, eine Fuhre Kohlen zu holen.

Er zeigte Lust zu dem Fuchse. „Meine Buben hätten
tausend Freuden damit!" sagte er. Da Niklas das Tier
doch nicht behalten durfte, so schenkte er es ihm. Der
Schmied versprach dem Knaben etwas anderes mitzu-
bringen, woran er Freude haben werde, legte dem Fuchse
einen Strick um den Hals, an dem er ihn führte, und fuhr
mit seinem Wagen ab. Das arme Tier sah noch oft um
und ging ungern mit seinem neuen Herrn. Niklas stand
mit Tränen in den Augen vor der Haustür und sah seinem
lustigen Gesellschafter noch lange recht betrübt nach.

„Laß ihn!“ sagte der Vater. „Es geschieht ihm recht.
Dem Dieb gehört ein Strick um den Hals. Wenn du ein=
mal so schlecht werden und stehlen könntest, so müßtest du,
so lieb ich dich habe, mir auch aus dem Hause — und der
Strick würde dir am Ende nicht ausbleiben.“

---

3. Das unterirdische Gefängnis.

Niklas vergaß seinen Fuchs, und wanderte wieder ver=
gnügt mit seinen Ziegen in den Bergen umher. Einmal
weidete er sie am Schloßberge. Als es bereits Abend war,
und er die Ziegen nach Hause treiben wollte, vermißte
er eine davon. Er suchte sie weit umher und bestieg mit
vieler Mühe den steilen Berg. „Vielleicht,“ dachte er, „hat
sich die Ziege in das alte Gemäuer verlaufen.“ Auch
kam ihn eine große Lust an, die alten Mauern und den
Turm, das Wunder der Gegend, in der Nähe zu beschauen.
Zwar fiel ihm die Warnung seines Vaters ein. Allein er
dachte: „Es wird nicht so gefährlich sein; ich will einmal
hineingehen.“

Von dem ehemaligen Tor waren nur mehr die Trüm=
mer zu sehen. Niklas irrte zwischen den bemoosten Mauern,
herabgestürzten Quadersteinen und verwachsenen Ge=
sträuchen umher. Ganze Bäume, Tannen und Eichen,
waren aus dem ungeheuren Schutte aufgewachsen. Er
staunte den mächtigen Turm an, dessen oberstes Gemäuer
zerstört und mit Gesträuch bewachsen war. Er ging durch
das schmale, offene Pförtchen in den geräumigen Turm
hinein. Auch hier war alles voll Gebüsch; große, mit
dichtem Moos bewachsene Steine lagen umher, und auf den
herabgefallenen Mauertrümmern sah man gelbes, verdorr=
tes Gras. Es schauerte ihm, als er die Verwüstung so

ansah. „Mein Gott," sagte er, „der Vater hat doch recht:
Der Böse besteht nicht; er verdorrt, wie Gras auf öden
Mauern." Es lief ihm eiskalt über den Rücken und er
wollte gehen. Jetzt aber bewegten sich auf einmal alle
Gesträuche um ihn her, und neigten sich gegen ihn. Es
entstand ein dumpfes Gekrach, der Boden wich unter seinen
Füßen, und plötzlich versanken Gesträuche und Steine um
ihn her — und er mit ihnen — in einen Abgrund, der so
tief war als ein Ziehbrunnen.

Niklas lag nun in einem unterirdischen Gefängnisse,
dessen morsches Gewölbe mit ihm eingebrochen war. Ein
solches Gefängnis nannte man in den alten Ritterzeiten
das Burgverlies. Niklas war vor Schrecken beinahe des
Todes; indes hatte er keinen Schaden genommen. Allein
bald sah er mit Entsetzen, daß er an den glatten Mauern
nicht mehr heraufkommen könne. Es kam ihn eine wahre
Todesangst an. Kröten und Nattern, die sich oben zwischen
den Sträuchen und Steinen aufgehalten hatten, und mit
ihm herabgestürzt waren, krochen und zischten um ihn her.
Dies verursachte ihm noch größeren Schrecken. Er schrie
von Zeit zu Zeit um Hilfe, allein seine Stimme verhallte
ungehört zwischen den hohen Mauern.

Weinend und die Hände ringend saß er auf dem
Schutte und blickte zu dem klaren, blauen Himmel hinauf,
der durch den weiten Riß im Gewölbe, und durch die über=
hängenden Gesträuche wunderschön zu ihm herableuchtete.
„O du lieber, guter Gott," rief er, „der du da droben im
Himmel wohnest! Kein Mensch hört meine Stimme, nur
du hörest mich; kein Mensch weiß, daß ich hier bin, nur
du siehst mich! O erbarme du dich meiner; laß mich hier
nicht umkommen in dieser gräßlichen und fürchterlichen
Höhle! Ach, verzeih mir, lieber Gott, daß ich die Warnung
meines Vaters nicht befolgt habe! Verzeih mir, und hilf

mir wieder herauf. O, in meinem ganzen Leben will
ich meinen Eltern nicht mehr ungehorsam und dir beständig
dankbar sein!" Er hörte nicht auf zu beten und zu weinen.

Jetzt ward es immer dunkler um ihn her; die Nacht
brach ein. An dem Himmel, von dem er nur einen schmalen
Streif sah, flimmerte hie und da ein Sternlein. Das
blasse Mondlicht, das durch die leeren Fensteröffnungen
des Turmes, und hoch oben in den ganz offenen Turm
herein schien, erhellte die grauen Mauern und milderte
die dichte Finsternis. Allein jetzt vernahm er ein schauer=
liches Schnauben. Hohles, klagendes Geheul widerhallte
in dem einsamen Gemäuer. Schwarze Gestalten schwebten
oben im Turme von Zeit zu Zeit schnell hin und her.
Niklas konnte sie zwar nicht deutlich sehen, aber um so
größer war seine Furcht. Es schauderte ihm davor. Er
schloß die Augen und Angstschweiß bedeckte seine Stirne.
Ihm kamen die greulichen Gespenstergeschichten zu Sinne,
welche ihm die Fuhrknechte, die zuzeiten Kohlen holten,
von dem alten Raubschlosse erzählt hatten. Er flehte innigst
und aus allen Kräften der Seele: „O Gott — Gott —
rette du mich; o ihr heiligen Engel Gottes, stehet mir bei
und beschützet mich!"

Unter Angst und Schrecken ging ein Teil der Nacht
vorüber; endlich schickte Gott dem erschöpften Knaben einen
sanften Schlaf und er schlief bis an den Morgen.

---

4. Sehnsucht nach Erlösung.

Der arme Niklas war wohl herzlich froh, als er er=
wachte, und es wieder Tag war. Es war ihm viel leichter
um das Herz, da er die Gesträuche zu oberst am Turme
von der Morgensonne vergoldet sah. Allein er fing aufs

neue an, zu jammern und zu weinen. „O du lieber Gott,“ betete er, „du haſt das ſchöne Morgenrot geſchaffen. Du läßt nach der dunklen Nacht wieder Tag werden. Du kannſt auch das größte Leiden in Freuden verwandeln. O, ende meinen Jammer — und auch den Jammer meiner guten Eltern! Führe mich wieder zu ihnen, daß wir uns alle wieder miteinander freuen. O, das wäre eine Freude, wenn ich wieder nach Hauſe, oder ſie hieher kämen! Sie würden mir bald heraufhelfen. Du kannſt es noch leichter; du haſt mich noch lieber! O hilf mir herauf aus dieſem gräßlichen Aufenthalte.“

Unter ſtillen Tränen und wiederholtem lautem Rufen verfloß ihm der Morgen. Nichts regte ſich um ihn; nur kam hie und da ein Vögelein weit oben auf das hohe Gemäuer geflogen und ſtimmte ſein fröhliches Liedchen an. Dem guten Niklas kam aber dieſer liebliche Geſang ſehr traurig vor. „Ihr habt gut ſingen,“ ſagte er, „ihr mun= teren, fröhlichen Vögelein! Ihr ſeid frei, und eure Flügel tragen euch, wohin ihr wollt. Ach, wenn ich auch Flügel hätte, ſo wollte ich bald oben ſein, und zu meinen lieben Eltern nach Hauſe fliegen! — Doch ohne Wiſſen und Willen des Vaters im Himmel fällt ja keines von euch zur Erde. Gott weiß es und es iſt ſein Wille, daß ich in dieſe Grube fiel. Er hat mich doch lieber als euch alle, er, der für euch ſorgt, wird auch meiner hier nicht ver= geſſen.“

Bisher hatte der arme Knabe vor Angſt und Jammer nicht an Eſſen und Trinken gedacht. Als aber bereits der Mittag vorüber war, regte ſich der Hunger. Zum Glücke hatte er noch etwas Brot und Ziegenkäſe in ſeiner Hirten= taſche. Er aß ein wenig davon — und netzte jeden Biſſen mit Tränen. „Wie bald wird der kleine Vorrat zu Ende ſein,“ ſagte er, „und dann muß ich Hungers ſterben. Doch der liebe Gott, der die Vögel ernährt, wird mich nicht verschmachten lassen."

Aber jetzt wurde Niklas von heftigem Durst gequält. Er war schon gestern an dem schwülen Nachmittage und am Abend sehr durstig gewesen; das trockene Brot, nebst dem sauren Käse, wovon er eben gegessen hatte, vermehrten seinen Durst. „Ach du lieber Gott," seufzte er mehrmals, „laß mich doch nicht verdursten! Du tränkest ja alle Gräslein und Blümlein mit Tau und Regen; o gib mir nur ein Tröpflein Wasser!" Er fühlte sich sehr matt und legte sein Haupt auf einen Stein.

„Lieber Gott," sagte er mit Tränen, „o wenn ich denn hier verschmachten soll, so laß mich jetzt sanft einschlafen und im Himmel bei dir wieder erwachen. Nur tröste meinen guten Vater, meine liebe Mutter, und auch die kleine Thekla!"

5. Neue Schrecken.

Niklas blieb eine Weile so liegen, schlummerte endlich ein und schlief bis gegen Abend. Ein furchtbarer Donner schreckte ihn aus dem Schlafe auf. Es war bereits dunkel. Der Himmel hatte sich mit schweren Gewitterwolken überzogen, und es war früher Nacht geworden. Ein gewaltiger Sturmwind brauste in dem hohlen Turme, und mancher losgerissene Stein fiel mit großem Getöse in dem Turme herab. Der zitternde Knabe war des Lebens nicht mehr sicher; er fürchtete, das Gewölbe möchte vollends einstürzen und ihn erschlagen. Er flüchtete sich in die äußerste Ecke seines Gefängnisses. Indessen blitzte es fast unaufhörlich, als stände der ganze Turm in Flammen und die schrecklichen Donner schienen seine alten Grundfesten zu erschüttern.

Niklas betete mit aufgehobenen Händen. Jetzt rauschte ein mächtiger Platzregen nieder. Niklas sah bei dem Glanze der Blitze, die alles um ihn her erleuchteten, daß alle Blättlein der Sträucher umher vom Regen tröpfelten. „O du lieber Gott," rief er freudig, „wie gut bist du! Ich habe dich nur um ein Tröpflein Wasser gebeten, und du gibst mir nun deren viele tausend. Dieses Gewitter, vor dem ich zitterte und bebte, ist die größte Wohltat für mich. Du bist in allem, was du tust, die lautere Güte."

Niklas faßte die großen, schweren Regentropfen, die an den Blättern hingen, mit dem Munde auf und stillte seinen Durst.

Das Gewitter verzog sich. Es blitzte zwar noch sehr stark; allein es donnerte nur mehr dumpf aus weiter Ferne her.

Niklas fühlte sich aufs neue im Vertrauen auf Gott gestärkt und betete: „O du lieber Gott im Himmel, o gib es meinem Vater doch ein, daß ich hier bin! Er denkt nicht daran, mich hier zu suchen. O laß es ihm einen Engel heute nacht im Traume ins Ohr sagen! Da wird er gleich aufstehen und hierher kommen und mich aus meiner Gefangenschaft erlösen."

Der Regen hatte nunmehr aufgehört. Man hörte gar nicht mehr donnern. Nur blitzte es noch von Zeit zu Zeit; dann war wieder Finsternis und Todesstille umher. Jetzt hörte aber der erschrockene Knabe oben am Rande des offenen Gewölbes etwas herumschleichen und vernahm das Rasseln einer Kette. Ja, er sah bei dem Glanze der Blitze, daß es zu ihm herunterschaue. „Ach Gott, was ist wohl dieses?" dachte Niklas. „Ach, ich fürchte, es ist ein Gespenst!" Ihm wurde aufs neue angst und bange. Es verschwand wieder und er hörte die Kette nicht mehr; aber nicht lange, so winselte und scharrte etwas

dicht neben ihm zunächst der Mauer, an der er saß, unter
dem Boden. Er fuhr mit Entsetzen auf und entwich in
eine andere Ecke seines Gefängnisses. Allein das unbe=
kannte, gefürchtete Wesen arbeitete sich aus der Erde her=
vor, und sprang im Dunkeln auf Niklas zu, und an ihm
hinauf. Niklas stieß einen Schrei des Schreckens nach
dem andern aus. Jetzt blitzte es wieder, und Niklas er=
kannte nun das vermeinte Ungetüm. Es war sein getreuer
Fuchs. Der Schrecken des Knaben verwandelte sich in
Freude. Der Fuchs liebkoste ihn und schmiegte sich um
seine Füße, dann sprang er wieder freudig in großen
Sprüngen umher. „Du gutes Tier,“ sagte Niklas, „du,
du bist also das gefürchtete Gespenst! O sei mir tausendmal
willkommen. Ja, ja! Du hast es nicht vergessen, daß
ich dich einmal aus der Steingrube erlöste, du dankbares
Tier, und kommst nun zu mir, und suchst mich in meiner
Schreckenshöhle heim, und würdest mich gern erlösen, wenn
du nur könntest. — Aber was hast du denn da am Halse?
Das ist ja ein Stück von einer Kette? Hat dich jener böse
Schmied an diese Kette gelegt? Nun, nun, du bist aber
doch wieder aus deiner Gefangenschaft erlöst worden. Auch
ich bin gleichsam mit Ketten hier angefesselt, aber ich
denke, der liebe Gott will mich durch dich vielleicht doch
von diesen meinen Ketten, die zwar nicht von Eisen,
aber doch sehr fest sind, wieder losmachen. Ja, ja! Ge=
wiß hat er dich gesendet, mich zu erlösen!“

Dem bekümmerten Knaben war es jetzt wieder leichter
um das Herz, da er ein bekanntes, lebendes Wesen um
sich hatte. Alle Furcht war ihm vergangen. Er suchte
eine trockene Stelle in dem Gewölbe, setzte sich auf einen
Stein und der Fuchs legte sich zu seinen Füßen.

—⁂—

6. Befreiung aus dem Kerker.

Als die Morgendämmerung anbrach, und es etwas heller wurde, dachte Niklas: „Ich muß doch sehen, wo der Fuchs hereingekommen ist; vielleicht kann ich dort hinauskommen." Er bemerkte zunächst am Boden eine kleine Öffnung, die von dem herabgefallenen Schutte des eingebrochenen Gewölbes verschüttet gewesen, ehe sie der Fuchs wieder aufwühlte. Niklas arbeitete den Schutt vollends hinweg, und entdeckte einen engen unterirdischen Gang. Er wagte sich hinein, tappte im Finstern immer weiter und weiter fort, und meinte, das Ende nicht zu erleben. Endlich kam er glücklich zur Seite des Berges heraus.

Wie es ihm um das Herz war, als er aus dem tiefen Dunkel heraustrat und sich nun frei sah, den goldenen Morgenhimmel erblickte und die aufgehende Sonne und all die grünen Berge umher, von dem nächtlichen Gewitter erfrischt, und jedes Kräutlein, jedes Blümlein und Blättlein von hellen Regentropfen funkelnd, — das läßt sich nicht aussprechen. Es war ihm nicht anders, als sei er vom Tode erstanden. „O du guter, lieber Vater im Himmel!" rief er, und fiel auf die Knie nieder. „Du hast mich errettet! Dir — dir sei inniger Dank! Ja, es bleibt wahr, du verläßt keinen, der auf dich vertraut. Dank — ewiger Dank sei dir!"

Er stand auf und eilte nun, was er konnte, seinen lieben Eltern zu, und der Fuchs begleitete ihn.

In seiner väterlichen Wohnung war indes große Trauer gewesen. Als abends die Ziegen ohne ihren kleinen Hirten heimgekommen waren, so hatte dieses schon allen im Hause kein gutes Zeichen geschienen. Vater, Mutter und Schwester hatten ihren lieben Niklas noch in der

Nacht, und den ganzen darauf folgenden Tag überall ver=
gebens gesucht. Ihn droben in dem alten Schlosse zu
suchen, schien ihnen unnötig, weil der Vater es ihm ver=
boten hatte, dahin zu gehen. Sie fürchteten, er sei von
einem Felsen gestürzt oder in den reißenden Waldstrom
gefallen.

Wie sie nun alle drei an dem schönen Morgen so
traurig in der Stube da saßen, und von nichts, als dem
großen Unglück redeten, das dem armen Niklas begegnet
sein müsse, und als sie ihn bereits als tot beweinten —
öffnete Niklas auf einmal die Tür und trat frisch und ge=
sund herein. Alle schrien laut auf vor freudigem Schrecken.
„O Gott im Himmel!“ rief der Vater. „Niklas, bist du
es wirklich, oder ist's dein Geist?“

„O Niklas, Niklas!“ rief die Mutter, indem sie ihn
weinend in ihre Arme schloß, „wir hielten dich alle für
tot. Ach, du hast uns ein großes Leid angetan! Was ist
dir doch begegnet?“ Auch die Schwester kam mit ihren
rotgeweinten Augen herbei und grüßte ihn freundlich.

Nachdem die ungestüme Freude sich ein wenig gelegt
hatte, sprach der Vater zu Niklas: „Erzähle nun, wo du
so lange geblieben bist! Denn es muß dir doch irgend ein
Unfall begegnet sein!“ Die Mutter aber sagte: „Niklas,
warte noch ein wenig mit dem Erzählen, bis ich dir zuvor
eine gute Milchsuppe zum Frühstücke gekocht habe.“ Die
geschäftige liebevolle Mutter war bald damit fertig und
Niklas aß nun, und fing während des Essens an zu er=
zählen, und alle setzten sich um den Tisch, um zuzuhören.
Auch der Fuchs saß zu den Füßen des Niklas, und schaute
beständig zu ihm hinauf und verwandte kein Auge von
ihm — nicht um zuzuhören, sondern um seinen Anteil
am Frühstücke zu bekommen.

—◦◦◦—

7. Väterliche Ermahnungen und Dankbarkeit gegen Gott.

Niklas erzählte ausführlich, wie in dem alten Turme der Boden mit ihm gebrochen, wie er in das fürchterliche Gewölbe, weit unter der Erde, hinabgefallen, und wie er da weinte, betete, hungerte, durstete und so große Angst ausstand. Mutter und Schwester wischten bei dieser Erzählung eine Zähre nach der andern ab, und die Mutter sagte: „Ja, ja, Not lehrt beten. Und in der Heiligen Schrift steht: So spricht der Herr: Rufe mich an in der Not, und ich werde dich erretten.“

Als Niklas von dem gräßlichen Geheule und den schwarzen, flatternden Schreckensgestalten redete, rief Thekla: „O schweig, ich wäre vor Furcht gestorben!“

Der Vater aber sprach: „Sei doch nicht so einfältig, das waren Nachteulen. Erzähle weiter, Niklas!“

Niklas erzählte, wie in der schrecklichen Gewitternacht das treue, dankbare Tier zu ihm gekommen. „Ich denke,“ sprach Niklas, „der Fuchs wollte mich aus meinem Kerker befreien, wie ich ihn aus jener Grube befreit habe.“

„Das,“ sagte der Vater, „mochte die Absicht des Fuchses nicht sein, lieber Niklas. Indes ist doch so viel gewiß: Obwohl der Fuchs ein unvernünftiges Tier ist, so hat er doch Gefühl für seinen Wohltäter und suchte dich auf, sobald er auf deine Spur kam. Es ist dies immer schön — und mancher Mensch, der kein Gefühl für Wohltaten hat, könnte von dem Tiere lernen.“

Endlich erzählte Niklas noch, wie er durch die Öffnung, durch die der Fuchs hereingekrochen, glücklich hinausgekommen. „Und so,“ sagte Niklas, und stellte dem Fuchse den Rest der Milchsuppe auf den Boden, „war doch der Fuchs die Ursache, daß ich aus meinem Kerker befreit wurde.“

„Gott hat dich befreit!" sagte die Mutter. „Ihm danke du — und ihm können wir alle nicht genug danken. Indes ist es schon wahr, daß Gott sich dieses Tieres bediente, dich zu retten. Gott lenkte es so, daß der Fuchs von seiner Kette abreißen und die Öffnung zu deinem Kerker finden mußte. Ja, daß du damals das fast verhungerte Tier fandest, war schon Gottes Fügung, dir durch dasselbe das Leben zu retten. Hättest du aber, wie es manche mutwillige Buben machen, das Tier zu Tode gemartert, so wärest du, zu deiner wohlverdienten Strafe, in dem Raubneste da droben auch um das Leben gekommen. Darum sage ich euch immer, wir sollen gegen alle Geschöpfe mitleidig sein."

Der Vater fügte noch bei: „Kann übrigens ein unvernünftiges Tier dem Menschen solche Dienste leisten, wie vielmehr kann der Mensch dem Menschen zum Heile werden! Darum seid doch nie gegen den geringsten Menschen hart. Es wäre dies nicht nur eine Sünde gegen Gott und Menschen, sondern ein solcher Mensch handelte wohl recht sich selbst zum Schaden. Es ist ja schon geschehen, daß der ärmste Bettler einem Fürsten das Leben rettete! Laßt uns daher, aber nicht aus Eigennutz, sondern aus liebevollem Herzen, wohltätig gegen alle Geschöpfe Gottes sein, vorzüglich gegen das vornehmste aller Geschöpfe auf Erden — gegen den Menschen."

Hierauf gab der Vater dem Niklas noch einen ernstlichen, aber wohlgemeinten Verweis. „Ich habe," sprach er unter anderem, „dich treulich gewarnt, du sollst das alte Schloß nicht betreten, weil dir dort leicht ein Unglück begegnen könnte. Ich habe es dir strenge verboten, dahin zu gehen. Du aber hast auf meine väterliche Warnung nicht geachtet; du hast mein Gebot übertreten. Siehst du nun, wie bös es ist, wenn Kinder ihren Eltern nicht gehorchen? Dein Ungehorsam war Ursache, daß du in jenen Abgrund gestürzt und beinahe ums Leben gekommen bist. Viele Kinder haben sich schon durch ihren Ungehorsam unglücklich gemacht. Sie haben Hals und Bein gebrochen, sind im Wasser ertrunken, oder auch, wie du, in einen Abgrund gestürzt. Allein der schrecklichste Abgrund ist der Abgrund von Sünde und Elend, wohin der Ungehorsam führt. Manche ungehorsamen Kinder haben sich nicht nur zeitlich, sondern ewig unglücklich gemacht. Darum, ihr lieben Kinder, gehorcht euren Eltern, die es so gut mit euch meinen. Gedenkt des vierten Gebotes, ehret Vater und Mutter, so wird es euch wohl gehen, und ihr werdet lange leben auf Erden."

Am folgenden Tage kam der Schmied, um einen Wagen voll Kohlen zu holen. Als er den Fuchs erblickte, rief er: „Ich dachte wohl, ich werde ihn hier finden. Ich habe daher eine neue, stärkere Kette mitgebracht, die gewiß halten soll." Zu Niklas sprach er: „Dir, Niklas, habe ich den Fuchs noch nicht bezahlt. Sieh, da hast du, anstatt des versprochenen Geschenkes, einen glänzenden Gulden!"

Aber Niklas rief: „Nein, nein, den Fuchs gebe ich nicht für tausend Gulden!" Er erzählte, welchen großen Dienst ihm das treue dankbare Tier erwiesen habe. Der Schmied sagte: „Nun schenke ich dir zu dem Gulden noch die Kette! Denn wenn deine Mutter nicht um alle ihre Enten und Hühner kommen will, so mußt du den Fuchs an die Kette legen."

Am nächsten Sonntag dankten Eltern und Kinder dem gütigen Gott für die Rettung des Niklas zuerst morgens in der Kirche; am Nachmittage aber gingen alle miteinander auf das alte Raubschloß, um auch dort Gott zu danken. Auch wollten die Eltern und Thekla doch sehen, wo Niklas gesteckt habe.

Als sie den Berg erstiegen hatten, und bei dem Eingange angekommen waren, sprach der Vater: „Laßt mich voran gehen, und geht alle hinter mir her, damit keinem von euch ein neues Unglück begegne." In das Pförtchen des Turmes ging der Vater zuvor ganz allein hinein, um erst nachzusehen, ob noch einiger Boden fest genug sei, um darauf stehen zu können. Er fand ein vorstehendes festes Quaderstück, worauf zwei Personen bequem stehen konnten. Er rief zuerst die Mutter und alsdann die übrigen, jedes besonders herein. Die Mutter schaute mit Furcht und Zittern hinab in das tiefe, dunkle Gewölbe und sprach: „Ach Gott, da drunten ist's schauerlich! Wir können Gott nicht genug danken, daß er dem Niklas da wieder herauf geholfen hat." Das Sprichwort bleibt doch wahr: „Der Herr führt in die Grube und wieder heraus!" —

„Das tut er," sprach der Vater „um uns über unsere Fehler und Vergehungen zurechtzuweisen, um uns für unsern Leichtsinn zu bestrafen, um uns in der Geduld und im Vertrauen zu üben! Niklas hat das erfahren. Gott gebe, daß jeder Mensch, der in große Not gekommen, wie Niklas, am Ende mit David beten könne: „Du, o Herr, hast mich in viele und große Angst kommen lassen; du hast dich aber wieder zu mir gewendet, mir aufs neue das Leben gegeben, und mich wieder heraufgeführt aus dem Abgrunde der Erde."

Die Feuersbrunst

Eine Erzählung in Briefen.

Briefe des Herrn Alois May an seine Mutter.

Erster Brief.

Liebste Mutter!

Gottlob, daß ich Sie, liebste Mutter, wiedergesehen, und daß ich Sie gesund und wohl getroffen habe! Ich war sehr erfreut, daß Sie, als eine arme Witwe, von dem Fleiße Ihrer Hände, und von dem Wenigen, das ich Ihnen bisher schicken konnte, immer so zufrieden gelebt und keinen Mangel gelitten haben. Noch mehr freut es mich, daß ich bald eine einträglichere Stelle erhalte, und Sie dann reichlicher werde unterstützen können. Ihre herzliche Frömmigkeit, Ihre mütterliche Liebe zu mir haben mich auf lange Zeit wieder im Guten gestärkt, mit neuem Mute setze ich meine Geschäftsreise fort, hoffe auch, wiewohl wir jetzt die rauheste Jahreszeit haben, und es sehr kalt ist, diese beschwerliche Reise glücklich zu vollenden, und dann, nachdem ich lange Gehilfe gewesen, als Buchhalter eines ansehnlichen Handelshauses die fernere Zufriedenheit meines Herrn zu verdienen.

Meinem Versprechen gemäß werde ich Ihnen von Zeit zu Zeit Nachricht von mir geben. Meine Reise war bisher, Gott sei Dank, recht glücklich. Es begegnete mir nichts besonders Merkwürdiges, ausgenommen eine Begebenheit, die ich Ihnen etwas ausführlicher erzählen will.

Ich war gestern abend spät zu Bergheim in dem Gast-
hofe angekommen. Da ich in dieser Stadt keine Geschäfte
hatte, und mit Anbruch des Tages wieder abreisen wollte,
begab ich mich bald zur Ruhe. Allein um Mitternacht,
als ich in tiefem Schlafe lag, wurde mein Schlafzimmer
von einer so mächtigen Helle erfüllt, daß ich erwachte.
Es kam mir anfangs wie ein Traum vor, daß ich alle
benachbarten Dächer, die ganz mit Schnee bedeckt waren,
von blendend hellem, feuerrotem Glanze beleuchtet sah.
Aber plötzlich erklang die Sturmglocke und Trommeln ließen
sich auf der Straße hören. Ich sprang auf, trat ans
Fenster, und sah aus einem großen Hause, am Ende der
Straße, dichte, schwarze Rauchwolken emporsteigen, aus
denen furchtbare Flammen hervorbrachen. Ich warf mich,
so schnell ich konnte, in meine Kleider, und eilte auf den
Platz. Die Feuerspritzen kamen in stürmischer Eile rasselnd
angefahren. Noch ließen sich aber wenige Menschen sehen;
nur der Besitzer des brennenden Hauses, seine Frau und
seine zwei Kinder standen halb angekleidet da, starrten die
Flammen an, rangen die Hände und jammerten laut; die
Dienstboten schleppten, schwer beladen, allerlei Gerätschaften aus dem Hause. Ich stellte mich an eine Feuerspritze
und bot Wasser, das von dem nächsten Brunnen in Kübeln
herbeigetragen wurde. Nach und nach kamen von allen
Seiten, noch schlaftrunken und fast taumelnd, Leute her-
beigelaufen; sie wurden in Ordnung gestellt, um sich von
Hand zu Hand die Eimer zu bieten, die sie mitgebracht
hatten. Auf einmal entstand seitwärts um die Ecke des
brennenden Hauses ein herzdurchdringendes Jammer-
geschrei. Ich sprang eilends hin, um etwa zu helfen,
wenn ein neues Unglück begegnet sein sollte. Zwei Kinder
waren in den Flammen zurückgeblieben. Die Eltern hatten
in ihrer großen Bestürzung es erst jetzt bemerkt. Der

Vater stand totenbleich da und deutete mit ausgestrecktem
Arme auf ein Fenster im dritten Stockwerke; die Mutter
war auf die Knie gesunken, und erhob beide Arme zum
Himmel und flehte um Erbarmen. Zwei Kinder, ein Knabe
und ein Mädchen, zwölf bis dreizehn Jahre alt, standen
neben ihren Eltern, schlugen die Hände über dem Kopfe
zusammen, weinten und schrien: „O unser lieber Anton!
O, unser guter Franz! Ach, sie kommen im Feuer um,
sie müssen verbrennen! O du guter, barmherziger Gott,
erbarme dich ihrer!“ Indes wurde eine große Feuerleiter
gebracht und an das Fenster angelegt. Allein kein Mensch
wollte sich hinaufwagen, denn eben stürzten mit furcht=
barem Gekrach die brennenden Sparren des Dachstuhls
zusammen. Aufs neue stiegen dichte Rauchwolken empor
und unzählige feurige Funken regneten auf die Leute herab.
Einer der Männer, welche die Leiter herbeigetragen hatten,
rief: „Zurück, der Hausgiebel stürzt ein!“ Der andere
sagte: „Die armen Kinder sind verloren! Wenn auch
jemand sich noch hinaufwagen wollte, so wäre es doch zu
spät!“ Er sprang hinweg. Alles Volk zog sich erschrocken
zurück. Wirklich neigte der Giebel des Hauses, der größten=
teils von Holz war und bereits brannte, sich vorwärts,
und drohte jeden Augenblick herabzustürzen. Allein ich
dachte: „Im Namen Gottes sei es gewagt! Er wird mir
gnädig sein.“ Ich kletterte so schnell als möglich die
Leiter hinauf, und erreichte, obwohl die Leiter etwas zu
kurz war, das Fenster. Und was erblickte ich da! — Die
Kammer war von schauerlich rotem Glanze des Feuers
erleuchtet. Die zwei Kinder, recht liebliche, holde Knäb=
lein, knieten in ihren weißen Hemdchen inmitten der Kam=
mer, erhoben ihre Händchen zum Himmel, und riefen mit
vielen Tränen: „O lieber Vater im Himmel! Erbarme
dich unser! Hilf uns doch! Laß uns nicht verbrennen!“

Das Getäfel der Stubendecke und die Tür waren bereits
von den Flammen ergriffen. Ich stieß das Fenster ein

und plötzlich loderte das Feuer, das jetzt Luft bekam, mäch=
tiger auf, und furchtbarer Rauch drang aus dem Fenster.
Eilig stieg ich hinein und setzte die Knaben auf das Fenster=
sims. Das Volk auf der Straße erhob ein Freudengeschrei,

als es die zwei Kinder erblickte. Ich stieg wieder heraus,
mußte aber mit den Füßen lange suchen, die Leiter zu
treffen. Ich sagte zu dem einen Knaben, er solle meinen
Hals fest umfassen und schlang den Arm um den andern
Knaben. Ich bemühte mich nun mit der noch freien Hand
die Leiter zu ergreifen, und mich daran festzuhalten. Dies
war in der Tat höchst gefährlich. Ein lauter Schrei des
Schreckens erscholl aus aller Mund. Einer der vielen
Hundert Zuschauer rief: „Ach Gott, sie stürzen alle drei
miteinander herunter!" Mehrere Stimmen riefen zugleich:
„Gott steh ihm bei; Gott erbarme sich der Kinder!" Auch
die zwei Kinder weinten laut vor Angst und Entsetzen.
Wirklich wurde es mir auch bange, wie ich, mit den zwei
Kindern beladen, die Leiter erfassen, und an der schwanken=
den Leiter, an der ich mich nur mit einer Hand halten
konnte, herabkommen wollte. Allein mit der Hilfe Gottes
gelang es mir! Unter dem lauten freudigen Zurufe der
Volksmenge kam ich mit beiden Kindern glücklich herab.

Ich eilte, die Kinder den Eltern zu bringen. Die
Mutter war über den Anblick der Gefahr, worin ihre zwei
Kinder schwebten, ohnmächtig geworden. Der Vater hatte
sie in ein benachbartes Haus bringen wollen. Allein, von
Schrecken und Angst gelähmt, vermochte er nicht, sie zu
halten; sie war auf den mit tiefem Schnee bedeckten Boden
hingesunken, und der Vater kniete neben ihr. Die zwei
größeren Kinder suchten Haupt und Schultern der Mutter
zu stützen. Als ich mit den zwei kleineren Kindern, eines
auf dem Arme tragend, das andere an der Hand führend,
mich den Eltern nahte, riß der Knabe, den ich führte, sich
los, sprang auf den Vater zu und schrie freudig: „Liebster
Vater!" Der Vater sprang auf, schloß den Knaben in die
Arme und rief: „Gott sei gelobt! Nun mag all mein Ver=
mögen vom Feuer verzehrt werden — meine liebsten Schätze

find gerettet." Der freudige Ausruf des Vaters und die helle Stimme des Kindes, das mit den kleinen Armen ihn zu umfassen suchte, drangen in das Ohr der Mutter; sie erwachte aus ihrer Ohnmacht. Ich bot ihr das andere Kind hin. Sie riß es in ihre Arme, als wäre es vor dem Feuer noch nicht sicher, drückte es an ihre Brust und konnte vor Freude nur weinen und wimmern. Den Blick des Dankes, den sie mir zuwarf, werde ich in meinem Leben nicht vergessen! — Ich eilte wieder an meine Feuerspritze. Nach einigen Stunden wurde man des Feuers Meister; es war keine weitere Gefahr mehr zu besorgen. Da die Turm= glocke morgens sechs Uhr schlug, kehrte ich zurück in den Gasthof. Meine zwei Reisegefährten standen, in ihre Män= tel gehüllt, schon vor der Haustüre, und warteten unge= duldig auf mich. Ich eilte auf mein Zimmer, holte meinen Mantel und mein kleines Gepäck, zahlte den Wirt, trank stehend eine Schale Kaffee und setzte mich dann zu den zwei Herren in die Kutsche.

Ich erzähle Ihnen dieses alles, liebste Mutter, nicht um mich zu rühmen, sondern weil ich weiß, daß es Ihnen Freude machen wird. Ich verspreche Ihnen, einem Frem= den nie davon zu erzählen. Allein wir zwei sind ja Ein Herz und Eine Seele. Ich kann auch auf keinen Ruhm Anspruch machen. Ich habe diese gute Tat lediglich Gott und Ihnen zu danken. Gott gab mir den Mut dazu; Sie, liebste Mutter, lehrten mich von meiner Kindheit an, so zu handeln. O wie oft, wie herzlich stellten Sie mir das Beispiel unsers göttlichen Erlösers vor Augen! O ich weiß noch alle Ihre Worte. Er, sagten Sie, hat uns geliebt bis in den Tod; so sollen auch wir Menschen einander lieben. Er hat aus lauter Liebe sein Leben für uns dahingegeben; so sollen auch wir bereit sein, aus Liebe füreinander das Leben zu geben.

Liebſte Mutter! Ich ſchreibe Ihnen dieſes in dem ſehr guten und deshalb ſehr beſuchten Gaſthofe eines kleinen Dorfes, wo ich heute am ſpäten Abende angekommen bin. Morgen in aller Frühe habe ich mit mehreren Krämern, die hierher beſtellt und bereits eingetroffen ſind, nicht un= bedeutende Rechnungen abzumachen. Ich muß daher noch ein wenig ruhen. Darum gute Nacht, beſte Mutter! — Gott ſei mit Ihnen und Ihrem Sie

innig liebenden, dankbaren Sohne
Alois.

Zweiter Brief.

Liebſte Mutter!

Ich bin zwar recht glücklich hier angekommen, aber — ach, meine liebſte Mutter! — ich fand hier alles ver= ändert. Ich eilte, voll Freude über meine glücklich voll= brachte Geſchäftsreiſe, zu meinem Prinzipal, Herrn Walther, auf ſein Arbeitszimmer; allein er, der ſonſt immer ſo gütig und freundlich gegen mich war, blieb unbeweglich in ſeinem Lehnſeſſel am Schreibtiſche ſitzen, und ſah mich höchſt auf= gebracht und mit finſtern Blicken an. Er nannte mich ſonſt immer „Sie!“ Allein jetzt ſagte er: „Geh Er! Wir ſind geſchiedene Leute; Er kann mir ferner nicht mehr dienen. Die Buchhalterſtelle, die ich Ihm zugedacht habe, habe ich einem treueren Manne verliehen, und die Stelle, die durch ſeine Beförderung wäre erledigt worden, iſt mit einem wackern jungen Menſchen beſetzt, auf den ich mich mehr verlaſſen kann, als auf Ihn. Geh Er, und laß Er ſich nie mehr vor mir ſehen.“

Ich war ſo höchſt erſtaunt über dieſen mir ganz und gar unerwarteten Empfang, daß ich wie verſteinert daſtand, und lange nicht reden konnte. Endlich ſagte ich: „Iſt’s möglich, daß Sie ſo mit mir reden? Womit habe ich Ihr Wohlwollen verloren, mein liebſter Herr Prinzipal?“

„Nenne Er mich nicht mehr so," sagte er unwillig;
„Er weiß es nur zu gut, daß Er meine Güte mit Undank
vergolten, mein Zutrauen mißbraucht und mich bestohlen
hat."

„Ich bin kein Dieb!" sagte ich tief gekränkt und be=
leidigt. „Wer hat in meiner Abwesenheit mich bei Ihnen
so angeschwärzt und verleumdet? Stellen Sie mir ihn
vor Augen, den bösen, falschen Mann!"

„Ein sehr redlicher Mann," sprach mein Herr, „hat
mich aufmerksam gemacht. Ich glaubte dessen Worten lange
nicht; allein die augenscheinlichen Beweise überzeugten mich
von der Freveltat, die Er verübt hat."

„Von welcher Tat?" rief ich, „nennen Sie mir die=
selbe! Ich weiß mich keiner Übeltat schuldig. Erklären
Sie sich!"

„Wohl, ich will mich erklären," sagte er.

Diese Erklärung würde aber Ihnen, liebste Mutter,
gar nicht klar sein! Sie würden manches nicht verstehen.
Ich muß Ihnen daher einiges Vorhergegangene erzählen,
und etwas weiter ausholen.

Mein Herr ist ein ganz außerordentlicher Liebhaber
von seltenen Münzen, die entweder wegen ihres Alter=
tums, oder wegen der merkwürdigen Begebenheiten, auf
die sie geprägt worden, oder wegen ihres kunstreichen Ge=
präges in seinen Augen einen großen Wert haben. Er
hat auch davon eine sehr schöne Sammlung zusammen=
gebracht. Er mag diese Liebhaberei allerdings ein wenig
übertreiben; seine Freunde scherzen auch manchmal mit
ihm darüber. Indes fand auch ich an den schönen Münzen
keine geringe Freude. Es gelang mir, die Umschriften
einiger alten römischen Münzen zu lesen, die mein Herr
nicht herauszubringen wußte. Er zeigte mir von nun an

jede alte Münze, die er oft mit teurem Gelde sich gekauft hatte, und ich gewann sehr in seinem Zutrauen.

Einige Zeit nun vor meiner Reise kam aus dem Zimmer meines Herrn von den Münzen, deren er immer einige auf seinem Schreibtische liegen hatte, um sich daran zu ergötzen, hie und da eine weg, die er für eine besonders große Kostbarkeit hielt, wiewohl sie nur von Silber oder gar nur von Kupfer war. Seit meiner Abreise aber hatte nie mehr eine gefehlt. Er legte unter die geringeren Münzen eine oder die andere von größerem Werte mit Vorsatz hin, und merkte im geheimen auf, um den Dieb zu entdecken. Allein sie blieb unverrückt. Ein Freund, sagte mein Herr, den er aber durchaus nicht nennen dürfe, habe im Vertrauen die Vermutung merken lassen, es könnte doch vielleicht möglich sein, daß ich, als ein so überaus großer Freund von schönen Münzen, die schönsten davon mir zugeeignet habe. Mein Herr glaubte es aber immer noch nicht, daß ich der Täter sei.

Nun besuchten zwei angesehene Reisende meinen Herrn, um seine Sammlung von Münzen zu besehen. Er zeigte ihnen mit dem größten Vergnügen alle die schönen goldenen und silbernen Münzen, die sich in einem zierlichen Kästchen mit vielen Schublädchen befinden, der Reihe nach vor, und pries sie wegen ihres Altertums, ihrer Schönheit oder Seltenheit. „Nun aber," sagte er, „sollen Sie erst die zwei allerseltensten und kostbarsten Schaustücke sehen." Beide großen, goldenen Münzen hatte er in einem Futteral von grünem Saffian, das mit rotem Samt ausgefüttert war, aufbewahrt, damit sie ja nicht beschädigt würden. Die zwei Herren waren voll Erwartung. Er öffnete das Futteral sorgsam und mit wichtiger Miene. Allein es war leer und beide Münzen waren nicht mehr darinnen. Mein Herr war vor Entsetzen fast außer sich und geriet in

einen furchtbaren Zorn. Wenn man ihm alle seine Gold=
rollen aus seiner Kasse gestohlen hätte, wäre er nicht so
aufgebracht worden. „O der Dieb, der Schurke!" schrie er
mit einer solchen Heftigkeit, daß beide Fremde erschraken,
nach Hut und Stock griffen, und, seinen Verlust bedauernd,
sich eilig empfahlen.

Mein Herr war nun fest überzeugt, daß ich die zwei
goldenen Schaumünzen gestohlen habe. Er hatte sein
Münzkabinett, wie er das Kästchen nennt, fast täglich ge=
öffnet, und besonders gern jene Münzen betrachtet, die
er seit kurzer Zeit erhalten hatte. Nach den zwei Pracht=
stücken, die er schon seit vielen Jahren besitzt, und wohl
schon hundertmal betrachtet hatte, hatte er schon seit mehre=
ren Wochen nicht mehr gesehen. Weil das Futteral vor=
handen war, fiel es ihm gar nicht ein, die Münzen könnten
herausgenommen und entwendet sein. Da er sie nun
nicht mehr fand, so war es ihm ausgemacht, ich sei der
Dieb. Er behauptete, ich habe vor meiner Abreise die
kostbaren zwei goldenen Schaumünzen gestohlen, damit er,
wenn er den Diebstahl entdecke, meinen solle, eine andere
Hand habe den Frevel begangen. Ich hatte meinen großen
Koffer auf meinem Zimmer stehen lassen, und meinem
Herrn zu Zimmer und Koffer die Schlüssel übergeben;
denn ich wollte bloß ein kleines Felleisen auf die Reise
mitnehmen. Mein Herr öffnete nun in seinem Zorne den
Koffer, und fand zu unterst auf dem Boden desselben, sorg=
fältig in Seidenpapier eingewickelt und in eine alte Schlaf=
mütze versteckt, beide Münzen. Allein so entzückt der gute
Herr war, seine geliebten Schaustücke wieder zu haben, so
sehr entsetzte er sich, daß ich, dem er sein ganzes Vertrauen
geschenkt hatte, so schändlich und treulos an ihm gehandelt
habe.

Nachdem er mir diese Begebenheit ausführlich erzählt

hatte, war mir die ganze Sache klar. Irgend ein Mensch
— obwohl ich mir nicht denken kann, welcher — mußte,
um mir das Zutrauen meines Herrn zu rauben, früher=
hin die seltenen Münzen von Silber oder Kupfer wegge=
räumt haben; ebenderselbe hatte gewiß auch die Goldstücke
gestohlen, sie in meinen Koffer verborgen, und meinen
Herrn verleitet, sie da zu suchen. Ich wollte meinem
Herrn das begreiflich machen. Er ließ mich aber nicht zu
Worte kommen, oder wußte alles, was ich sagte, anders
auszulegen. Ich sagte unter anderm: „Wenn ich die
schönen Denkmünzen gestohlen und in meinem Koffer ver=
borgen hätte, so würde ich Ihnen wohl nicht den Schlüssel
dazu gegeben haben.“ Allein er rief: „Das zeugt eben von
einem feinen, ausgelernten Spitzbuben; Er wollte mich
durch dies anscheinende Zutrauen nur sicher machen, daß
ich den Raub gewiß nicht dort suchen sollte. Geh Er mir
aus den Augen, und sei Er froh, daß ich Ihn so unge=
straft gehen lasse. Ich könnte Ihn in das Zuchthaus
bringen. Er verdiente es. Allein um seines seligen Vaters
willen, der ein ehrlicher Mann war und um seiner guten
Mutter willen, die sich über diese Geschichte zu tot grämen
würde, will ich den ruchlosen Diebstahl verschweigen, und
keinem Menschen davon sagen.“

Ich wollte noch weiter reden; er öffnete aber die Tür
und sagte: „Packe Er sich auf der Stelle aus meinen
Augen, und laß Er seinen Koffer und allen seinen Plunder
recht bald nachholen. Ich will weder Ihn noch etwas,
das Sein ist, mehr unter meinem Dache haben.“

Ihnen, liebste Mutter, darf ich nicht erst beteuern,
daß ich dieses Verbrechen nicht begangen habe. Sie haben
mir von meiner Kindheit an die heiligste Ehrfurcht gegen
Gott und seine Gebote ins Herz gepflanzt. Sie haben mir
den Abscheu vor jeder, auch der geringsten Sünde zu tief

in die Seele eingeprägt, als daß ich mich so weit hätte
vergessen können. Sie werden auch nie von mir gehört
haben, daß ich einen Menschen auch nur um einen Heller
betrogen habe. Sie sind von meiner Unschuld überzeugt.
Ich bin aber sehr bekümmert, mich so schrecklich an meiner
Ehre angegriffen zu sehen. Es macht großes Aufsehen
dahier, daß ich die mir zugesicherte Buchhalterstelle nicht
antreten durfte, und das Haus so schnell verlassen mußte.
Man weiß die Ursache nicht, denkt sich aber etwas recht
Arges, und es gehen allerlei Gerüchte in der Stadt. Allein
ich habe das feste Vertrauen auf Gott, er werde meine
Unschuld noch an den Tag bringen.

Ich habe mir indes dahier ein Dachstübchen gemietet,
lese und bete, gehe wenig aus, und gebe Unterricht in
der englischen Sprache, um nicht ganz müßig zu sein, und
doch auch etwas zu verdienen. Leben Sie wohl und beten
Sie für   Ihren unglücklichen Sohn
                          Alois.

Dritter Brief.

Liebste, beste Mutter!

Gott sei gelobt und gepriesen! Er hat meine Unschuld an den Tag gebracht. Ich muß Ihnen die ganze
merkwürdige Geschichte von Anfang an erzählen, obwohl
erst der Ausgang derselben für mich von der glücklichsten
Folge war.

Sie werden sich der Feuersbrunst erinnern, von der
ich Ihnen schrieb, und bei der ich so glücklich war, mit
Gottes Hilfe zwei Kinder aus den Flammen zu erretten.
Der Vater dieser Kinder, Herr Bellini, hatte Herrn Kauf-
mann Fein dahier fünfhundert Gulden geliehen. Herr
Bellini hatte nun das Geld selbst nötig, sein abgebranntes
Haus wieder aufzubauen. Der Kaufmann Fein war indes

gestorben, sein Sohn aber hatte die Schuld anerkannt,
übernommen, und auch die Zinsen richtig bezahlt. Herr
Bellini schrieb nun an Herrn Fein, den Sohn, und kündete
ihm das Kapital auf. Da er ihn für einen redlichen Mann
hielt, ließ er, was freilich unvorsichtig war, in den Brief
mit einfließen, daß die Obligation, die der verstorbene
Vater ausgestellt, und die Briefe, die der Sohn deshalb
geschrieben, verbrannt seien. Der junge Fein behauptete
aber jetzt, daß weder sein Vater diese Summe geborgt,
noch er selbst je die Schuld anerkannt habe. Herr Bellini
sah sich also genötigt, vor Gericht zu klagen. Die Beweise, die er vorbringen konnte, machten die Sache sehr
wahrscheinlich, aber nicht gewiß. Das Gericht übertrug
daher dem Herrn Fein den Eid. Herr Fein erbot sich,
indem er Herrn Bellini einen frechen Lügner schalt, den
Eid auf der Stelle zu schwören. „Nun gut," sagte Bellini,
„ich will lieber fünfhundert Gulden verlieren, als Sie
zu einem falschen Eide verleiten." Der Rechtsstreit ward
abgebrochen, und man dachte kaum mehr daran.

Zu Anfang des Frühlings ließ Herr Bellini, um an
Stelle des abgebrannten Hauses ein neues zu bauen, die
Brandstätte vom Schutte reinigen. Früher war es nicht
wohl möglich gewesen; der Schutt war wegen des vielen
Wassers, womit man die Glut vollends gelöscht hatte, fest
aufeinander gefroren, und mit tiefem Schnee bedeckt. Herr
Bellini war bei dem Abräumen beständig zugegen. Manches Brauchbare, auch geschmolzenes Silber, wurde noch
vorgefunden. Endlich kam auch gegen alle seine Erwartung das kleine eiserne Kistchen, in dem er seine Obliga-
tionen und die Papiere, die sich darauf bezogen, verwahrt
hatte, zum Vorschein. Der Boden des Zimmers war damals bei der Feuersbrunst samt dem Kistchen herabgestürzt;
jedoch mußte sogleich so viel Schutt darauf herabgefallen

fein, und den Flammen gewehrt haben, so daß die Papiere
darin nicht verbrannten, sondern nur ziemlich braun ge=
worden sind, jedoch vollkommen lesbar blieben.

Herr Bellini legte nun die Obligation und die eigen=
händigen Briefe des Herrn Fein dem Gerichte vor. Fein
wurde gerufen. Als er die Papiere erblickte, wurde er
totenbleich, zitterte und konnte die Schuld nicht mehr leug=
nen. Das Gericht verurteilte ihn zur Bezahlung des be=
strittenen Kapitals, der Zinsen und der Gerichtskosten;
überdies wurde er noch wegen versuchten Meineids, welches
Vorhaben er zu Protokoll gegeben, auf mehrere Jahre
zur Gefängnisstrafe verurteilt.

Eben dieser Herr Fein war nun der Mann, der, wie
er sagte, um sich in Geschäften noch mehr zu vervoll=
kommnen, die Erlaubnis nachgesucht hatte, in dem Geschäft
des Herrn Walther täglich einige Stunden unentgeltlich
arbeiten zu dürfen. Fein wußte ihm zu schmeicheln, war
immer sehr nett und artig gekleidet, und in seinen Arbeiten
sehr geschickt und ganz ungemein fleißig. Eben dieser
junge Mann hatte dem guten Herrn den falschen Verdacht
gegen mich beigebracht, und war anstatt meiner Buchhalter
geworden.

Als Herr Walther die Betrügereien des meineidigen
Fein vernommen, ging ihm mit einem Male ein Licht
auf. Er eilte zum Stadtgerichte und forderte, man solle
Feins Wohnung gerichtlich durchsuchen, ob sich die ent=
wendeten silbernen und kupfernen Münzen nicht etwa dort
vorfänden. Man fand sie richtig in dessen Schreibpult,
und der meineidige Fein erschien nun noch überdies als
Dieb und Verleumder, und die ihm angekündigte Gefäng=
nisstrafe wurde verlängert.

Ich war seit zwei Tagen nicht aus dem Hause ge=
kommen, auch von niemand besucht worden, und wußte

daher von Feins entdecktem Meineide und den vorge=
fundenen Münzen nicht das geringste. Da trat auf ein=
mal Herr Walther mit offenen Armen in mein Zimmer=

chen, und rief mit Tränen in den Augen: „Sie sind un=
schuldig! Fein hat mich schrecklich betrogen. Er hat nach und
nach die silbernen und kupfernen Münzen gestohlen, und
dann, wie ich jetzt klar einsehe, auch die goldenen Schau=

stücke heimlich aus meinem Münzkabinette in Ihren Koffer gebracht, um Sie um mein Vertrauen zu bringen. Ich war zu leichtgläubig und zu hitzig. Freilich, wenn der vorgebliche Diebstahl nicht meine Lieblingsneigung betroffen hätte, so würde der Verlust mir nicht so in das Herz gegriffen haben, und ich hätte die Sache besser überlegt. Je nun, wenn das Herz des Menschen von irgend einer zu großen Neigung eingenommen ist, so wird sein Verstand leicht der Spielball des nächsten besten Betrügers, oder er betrügt sich selbst. Ich habe Ihnen sehr unrecht getan. Verzeihen Sie mir!" Wir umarmten einander unter Tränen.

"Nun kommen Sie aber sogleich mit mir," sprach er; "Sie sind nun, wenn Sie anders noch in die Dienste Ihres Beleidigers treten wollen, mein erster Buchhalter. Fein hat Arrest und wird heute noch in die Fronfeste abgeführt."

Ich bezeigte mein Erstaunen, und fragte, wie der Betrug des Herrn Fein an den Tag gekommen sei. "Ja so," rief Herr Walther, "Sie wissen es noch nicht? Nun hören Sie einmal die ehrlosen Betrügereien und die ungeheure Falschheit und Heuchelei dieses ruchlosen Menschen." Herr Walther erzählte mir die Begebenheit, sowohl von der abgeleugneten Schuld und dem vorgehabten Meineid, als von den gestohlenen Münzen, die man in Feins Pult gefunden hatte. Ich rief öfter: "Fein? Dieser hat dieses alles getan? Ist's möglich, daß er so schlecht an mir gehandelt hat? Ich hielt ihn für meinen Freund und für sehr fromm. Er ist mir immer ungemein freundlich begegnet, und hat immer sehr andächtige Reden im Munde geführt. So oft ich auf sein Zimmer kam, hatte er ein Andachtsbuch in der Hand."

"Ja, ja," sagte Herr Walther, "so traf ich ihn auch

immer, und noch mehrere Gebetbücher und Erbauungs=
schriften lagen neben ihm auf dem Tische. Der Schurke
trug darauf an, meine Tochter Amalie zur Frau zu be=
kommen, und suchte mich durch fleißiges Arbeiten, meine
Tochter durch Artigkeit in Kleidung und Betragen, und
die Mutter durch seine Scheinheiligkeit für sich einzu=
nehmen. Die Heuchelei, daß er seine schlechten Streiche
unter dem Scheine von Frömmigkeit ausübte, war noch
das Schlechteste und Strafbarste von allem. Gott aber hat
den gottlosen Heuchler entlarvt und bestraft. Doch —
kommen Sie nun mit mir! Alles in meinem Hause freut
sich, Sie wiederzusehen."

Er führte mich an seinem Arme durch die Straße.
Die Geschichte war sogleich stadtkundig geworden, und jeder=
mann begrüßte mich mit freudigen Blicken. Als wir zum
Hause kamen, standen Mutter und Tochter, Handelsdiener
und Packknechte, Köchin und Küchenmägde unter der Haus=
tür, und bewillkommten mich mit großem Jubel. Da es
bald darauf Zeit zu Tische war, so sagte Frau Walther:
„Der heutige Tag ist für uns alle ein Freudenfest; ich
bedaure, daß die Zeit zu kurz war, für eine festliche Mahl=
zeit zu sorgen." Herr Walther ließ aber von seinem besten
Rheinwein aus seinem Keller holen, und brachte die
Gesundheit aus: „Ehrlich währt am längsten!"

Auf einmal entstand ein Lärm auf der Straße; eine
Menge Leute lief zusammen. Wir traten ans Fenster.
Da kam, geputzt wie ein Prinz, Herr Fein — auf einem
Leiterwagen. Er saß auf einem Bunde Stroh, und ein
Soldat mit Ober= und Untergewehr saß neben ihm. Als
er nun mit bleichem Gesichte und niedergeschlagenen Augen
so vor dem Hause vorbeigeführt wurde, hatte ich doch Mit=
leid mit ihm. Herr Walther sagte aber: „Nun sieht Herr

sein, wie wahr das alte Sprüchlein sei: Kein Fädelein ist so fein gesponnen, es kommt einmal an die Sonnen."

Leben Sie wohl, liebste Mutter, und danken Sie Gott mit
Ihrem hocherfreuten Sohne
Alois.

Vierter Brief.

Liebste Mutter!

Das glaube ich, daß Ihnen mein letzter Brief große Freude gemacht hat. Allein auch der gegenwärtige Brief wird Sie freuen, und Sie werden ihn nicht ohne Rührung lesen. — Gestern abend wollten wir, mein Herr, seine Frau, Fräulein Tochter und ich, uns eben an den Teetisch setzen. Da trat eine vornehme Frau mit zwei lieblichen kleinen Knaben in das Zimmer. Sie war bei ihren Ver= wandten dahier in der Stadt auf Besuch, und wollte nun auch ihre Jugendfreundin, Frau Walther, besuchen. Es war Frau Bellini. Ich kannte sie aber nicht mehr; denn damals, als ich sie sah, war sie totenblaß, und glich einer Sterbenden. Sie wußte nichts davon, daß ich mich hier im Hause befinde; sie hatte seit jenem Brandunglücke nichts mehr von mir gehört.

Das kleinere Knäbchen rief aber sogleich: „Sieh, Mutter, das ist der Herr, der auf der großen Leiter zu uns hinaufgeklettert, und in unsere brennende Kammer zum Fenster hereingestiegen ist."

„Ei, ja, Sie sind es!" sprach der größere Knabe, „Sie haben mich und das Brüderlein herabgetragen und gesagt, wir sollen uns nicht fürchten, als die Leiter so schwankte, und die Leute so schrien, und man so arg trom= melte und die Sturmglocke läutete, und alles voll Feuer war."

Die Mutter hatte, sowie sie ins Zimmer trat, sogleich ihre Freundin umarmt, und merkte erst jetzt auf die Reden

des Knaben. Sie sah mich an, und rief: „Mein Gott,
ja, Sie sind es wahrhaftig! O, in meinem Leben werde
ich Ihr Angesicht nicht vergessen, wiewohl ich Sie nur
wenige Augenblicke gesehen habe. Sie waren mir in mei=
ner Todesangst ein Engel vom Himmel, der mir nicht nur
Trost brachte, sondern auch Hilfe. O, Gott weiß es, wie
herzlich ich immer gewünscht habe, Sie nur noch einmal
in meinem Leben zu sehen, um Ihnen den innigsten Dank
eines gerührten Mutterherzens auszudrücken! Ich ver=
mochte es damals nicht; allein ich vermag es auch jetzt
nicht!" Sie brach in einen Strom von Tränen aus.

„O meine Kinder," sagte sie, „küßt diesem Herrn
— ach, ich weiß nicht einmal, wie Sie heißen — küßt
ihm die Hände, mit denen er euch das Leben gerettet hat!
Wenn dieser Herr nicht gewesen wäre, so wäret ihr beide
zu Asche verbrannt." Die zwei Knaben fingen auch an
zu weinen, und benetzten meine Hände mit Tränen. Auch
meinem Herrn standen die Tränen in den Augen; seine
Frau und seine Tochter aber weinten recht von Herzen.

Herr Walther sprach jetzt: „Von dieser Geschichte
weiß ich ja noch kein Wort! Kommen Sie, Madame
Bellini, setzen Sie sich hier auf das Sofa, und erzählen
Sie! — Und Sie, Herr May, müssen neben der gerührten
Mutter sitzen."

Ich wollte den Platz der Frau des Hauses überlassen.
Aber alle drangen in mich, diesen Ehrenplatz einzunehmen.
Ich setzte mich, und die beiden Knaben drängten sich an
mich, und hielten immer meine Hände. Ich nahm den
kleinern auf den Schoß; der andere stand neben meinem
Knie. Mein Herr saß zwischen seiner Frau und Tochter
auf den herbeigerückten Sesseln.

Frau Bellini erzählte mit großer Lebhaftigkeit und
Rührung. Sie beschrieb, indem sie aufs neue totenblaß

wurde, ihren Todesschrecken und die furchtbare Todesangst, die sie empfunden, als sie ihre zwei Kinder vermißte; als es hieß, sie seien noch droben in der Schlafkammer; als unter dem Jammerrufe der vielen hundert Menschen die große Leiter gebracht wurde! „Ach," rief sie, „ich eilte hin, blickte auf, sah die Fenster der Kammer von den inneren Flammen furchtbar erleuchtet — und das Mutter= herz drohte mir zu zerspringen, und die Knie brachen mir."

Wir alle, die wir ihr zuhörten, wurden erschüttert und bebten. Sie machte hierauf von den großen Gefahr bei Rettung ihrer Kinder eine solche Schilderung, daß mir selbst schauderte. Ich sagte, sie beschreibe die Gefahr viel größer, als dieselbe gewesen sei. Allein sie rief: „O nein, nein, die Gefahr war nicht so geringe, als jetzt Ihre Be= scheidenheit sie macht. Als ich Sie oben an der Spitze der schwankenden Leiter mit meinen zwei Kindern beladen erblickte, Flamme und Rauch aus den Fenstern drang, Feuerfunken über Sie herabregneten, der Hausgiebel brannte, wankte und krachte — da vergingen mir die Sinne. Ich ward ohnmächtig!"

„O hören Sie auf," rief Frau Walther. „Mir schwin= delt auch!"

„Wahrhaftig," sagte Amalie, die Tochter des Hauses, „ich bin nahe daran, auch ohnmächtig zu werden."

Frau Bellini sagte sanfter und ruhiger, und zu mir gewandt: „In der Tat, Sie und die zwei Knaben hier schwebten augenscheinlich in der größten Todesgefahr! — Tapfere Männer sagten mir nachher: Es fehlte uns wahr= haftig nicht an gutem Willen, Ihre Kinder zu retten. Allein es schien uns geradezu unmöglich. Den fremden Herrn hat Gott hergeschickt; die Rettung Ihrer Kinder ist ein Wunder. Es war wirklich nur um einige Augenblicke zu tun, so hätte der brennende Giebel, der sogleich darauf

mit furchtbarem Krachen und neu hervorbrechenden, dicken
Rauchwolken herabstürzte, den Herrn und Ihre Kinder
erschlagen. Gott hat die Kinder durch diesen Herrn wunder=
bar gerettet!"

Sie ergriff mit Augen voll Tränen meine Hand und
sprach: „O, daß wir, ich und mein Mann, doch nur
wüßten, womit wir Sie erfreuen, was wir Ihnen Ge=
fälliges erzeigen könnten?"

Ich sagte gerührt: „Ihre Mutterfreude, Ihr Dank
ist mir Lohnes genug. Ich bedarf jetzt nichts. Doch wenn
ich in eine Verlegenheit kommen sollte, so werde ich mich
ganz gewiß an Herrn Bellini und Sie wenden."

„Nun wohl!" sagte sie, und wandte sich an ihre zwei
kleinen Knaben. „Du, Anton!" sprach sie zum ältern,
„was willst du dem Herrn geben?"

„Meine Trommel," sagte der Knabe, „und noch dazu
das Eichhörnchen, das ich zu Hause habe."

„Und du, Franz," sprach die Mutter, „was willst
du ihm schenken?"

„Alles, was mir auf Weihnachten das Christkindlein
bescheren wird!" sagte der Kleine.

Die Frauen lächelten mit Tränen in den Augen. Herr
Walther stand auf und sagte: „Unser Tee ist über die
Geschichte ganz in Vergessenheit gekommen. Doch wir sind
auf eine andere Art angefeuchtet worden!" sprach er, und
trocknete sich die Tränen. „Indes kann ich eine so liebe=
volle Mutter und ihre holden Kinder doch nicht so mit
nassen Augen und trockenem Munde abfertigen. Speisen
Sie mit uns zu Nacht!" Die Frau sagte, sie werde wirklich
bei einem Abendessen erwartet, wozu einige ihrer Freun=
dinnen eingeladen seien. „Also kommen Sie morgen auf
mittag!" sprach Herr Walther. Sie sagte, daß sie auch
auf morgen mittag schon eingeladen sei, daß morgen abend

ihr Mann kommen werde, sie abzuholen, und daß sie über=
morgen mit Anbruch des Tages mit ihm abreisen müsse.
„Ei," rief Herr Walther, „so erwarte ich Sie samt Ihrem
lieben Manne morgen auf ein kleines Abendessen! Ich
lasse keine Einwendung gelten." Frau Bellini nahm die
Einladung an, und wir alle begleiteten sie bis an die
Haustür.

Gute Nacht, liebste Mutter — denn ich schreibe Ihnen
immer bei Nacht, weil ich bei Tag immer viele Geschäfte
habe. Ich denke, so sehr die Erzählung der Frau mich
ergriff, recht sanft zu schlafen. Es ist doch eine Freude,
wenn man in der Welt auch einmal etwas Gutes ge=
stiftet hat. Gott sei mit Ihnen und Ihrem Sie

innig liebenden Sohne
Alois.

Fünfter Brief.
Liebste Mutter!

Ich schreibe Ihnen schon wieder! Wenn mein voriger
Brief sie gerührt hat, so wird dieser Sie hoch erfreuen.
Ich habe Ihnen eine höchst angenehme Begebenheit zu
berichten!

Als ich gestern morgen in das Zimmer trat, begrüßte
mich mein Herr und seine Frau noch viel freundlicher, als
sonst. Amaliens Angesicht aber war, als sie mir einen
guten Morgen wünschte, von Freundlichkeit wie verklärt.
Wir tranken zusammen Kaffee. Denn seit ich wieder in
das Haus aufgenommen bin, darf ich bei dem Frühstücke
nie fehlen.

Herr Walther sagte mit sehr heiterer Miene zu mir:
„Ich bin unzufrieden mit Ihnen! Warum haben Sie
von dem allem, was Frau Bellini gestern abend erzählte,
uns nichts gesagt?"

„In der Tat," sprach Frau Walther, „das war nicht

freundschaftlich, daß Sie von Ihrer so edlen Handlung
uns nichts wollten wissen lassen.“

Ich sagte: „Unsere Linke soll nicht wissen, was die
Rechte tut. Ich habe keinem Menschen davon gesagt;
nur meiner Mutter habe ich die Geschichte geschrieben.“

„Betrachten Sie mich künftig,“ sprach Frau Walther
mit besonderem Nachdrucke, „als Ihre Mutter.“

„Und mich,“ fügte Herr Walther bei, „als Ihren
Vater.“

Ich getraute mir kaum zu denken, welche erfreuliche
Bedeutung diese Worte für mich haben könnten. Ich eilte
zu meinen Geschäften. Weil ich eben einen starken Post=
tag hatte, und wir auf den Abend so werte Gäste er=
warteten, wollte ich mit meinen Briefen recht bald fertig
werden, um den Abend freizuhaben und an der Gesell=
schaft ungestört teilnehmen zu können. Ich ging deshalb
mittags nicht zu Tische, sondern ließ mir einiges Essen
auf die Schreibstube bringen.

Als ich am Abend in das Speisezimmer trat, war
noch niemand da, als Herr Bellini und mein Herr. Beide
Herren waren in einem eifrigen Gespräche begriffen; die
Frauen hatten sich in ein anderes Zimmer begeben. Herr
Bellini eilte sogleich auf mich zu, umarmte mich als den
Retter seiner Kinder und bezeigte mir seinen Dank in
kurzen, kräftigen Ausdrücken.

„Sie glauben nicht,“ sprach er hierauf, „welche Mühe
wir uns gaben, Ihren Namen und Ihren Aufenthalt zu
erfahren. Ich ging in alle Gasthöfe. Im Goldenen Hirsch
hörte ich, daß Sie da mit zwei Herren, die niemand kannte,
und mit einem ganz fremden Kutscher abends sehr spät
angekommen, und morgens sehr frühe wieder abgereist
waren; weiter konnte man mir nichts sagen. Wir erkun=
digten uns im ganzen Städtchen, ob denn niemand Sie

kenne. O jawohl, hieß es, den wohlgekleideten fremden
Herrn, der so fleißig an der Spritze arbeitete, daß er
wohl bis auf die Haut naß wurde, und der sich dann in
das brennende Haus wagte, kennen wir wohl! Der ist
weder wasserscheu noch feuerscheu. Wie er aber heiße,
oder woher er sei, das wissen wir nicht. Indes erzählte
man mir doch manches von Ihnen, das mir sehr wohl
gefiel. Ihre zwei Reisegefährten, die wahrscheinlich nur
der Zufall Ihnen zugeführt hatte, waren nicht Ihres Sin=
nes. Beide sahen in guter Ruhe der Feuersbrunst zu, und
rauchten ganz behaglich Tabak. Allein Sie riefen den=
selben mit einem strafenden Blicke zu: Meine Herren!
Haben Sie vielleicht Ihre Pfeifen an dem Feuer da an=
gezündet? Greifen Sie doch zu den Eimern! Die zwei
Herren fühlten das Unschickliche ihres Betragens, hatten
aber keine Lust zur Arbeit, sondern entfernten sich. In
einer Feuerspritze war nach der letzten Feuersbrunst etwas
Wasser zurückgeblieben und eingefroren. Sie war nicht
zu gebrauchen, und die Leute wußten sich nicht zu helfen.
Allein Sie riefen: Gießt ein wenig warmes, aber ja nicht
zu heißes Wasser hinein. Man machte es so, und die Spritze
kam bald in Gang. So zeigten Sie sich durchaus nicht
nur als einen menschenfreundlichen, edelmütigen Mann,
sondern überhaupt als einen Mann, der genug Mut und
Verstand hat, den Menschen die Wahrheit zu sagen, und
guten Rat zu erteilen.‟

Doch, liebste Mutter, verdiene ich nicht Tadel, daß
ich da so vieles geschrieben, was mir zum Lobe gereicht?
Allein ich versichere Sie, daß ich Selbstlob hasse, und
daß ich dieses alles nur geschrieben habe, weil ich Ihnen
gern Freude machen möchte, und weil ich weiß, daß Sie
diesen Brief mit Freuden lesen werden.

Jetzt kamen die zwei Frauen und Fräulein Amalie;

alle sehr zierlich, ja festlich gekleidet. Frau Walther sagte
zu Herrn Bellini: „Ich habe eine Beschwerde gegen Sie.
Warum haben Sie nicht gestattet, Ihre zwei lieben Kleinen
mit hierher zu nehmen?" Herr Bellini sprach: „Kinder
taugen nicht immer in die Gesellschaft der Erwachsenen.
Sie stören jede ernstere Unterhaltung, oder haben Langeweile dabei. Wie nachteilig ihnen die Gespräche und Scherze
in gemischten Gesellschaften werden können, brauche ich hier
nicht zu erwähnen; denn hier könnten sie nur Gutes lernen.
Indes würden sie hier vielleicht doch beschwerlich fallen."

„Ei, nicht doch," sagte Herr Walther; „Sie müssen
sie auf ein Stündchen hierher kommen lassen. Die Kleinen
müssen doch die Kuchen und Torten verkosten, die Amalie
heute gebacken hat. Da es bereits dunkel ist, so lasse ich
sogleich anspannen, um sie in der Kutsche hierher zu
bringen."

Ich erbot mich, sie abzuholen, und brachte sie. Als
sie die zierliche Tafel, die hellen Wachslichter, das schim-
mernde Silber und die netten Körbchen voll Früchte erblick-
ten, waren beide ganz entzückt. Nachdem wir zu Tische
gebetet hatten, und man sich zu Tische setzen wollte, sprach
Herr Walther zu den Kleinen: „Nun, wo wollet denn
ihr hinsitzen?" Beide riefen: „Neben Herrn May."

Während der Mahlzeit kam das Gespräch bald wieder
auf die Feuersbrunst. Frau Bellini erzählte, das Feuer
sei vermutlich durch eine Magd ausgekommen, die schon
früher einmal die noch glühende Asche in ein hölzernes
Gefäß getan und sie nicht in das feuerfeste Gewölbe, sondern, um sich einen Gang zu ersparen, in die nächste Kammer gestellt habe, und deshalb sehr ernstlich und nach-
drücklich gewarnt wurde; einige Leute aber seien der Meinung, das Feuer sei gelegt worden.

Amalie sagte: „Wie kann der gütige Gott es doch

zulaſſen, daß durch eine nachläſſige Magd, oder gar durch einen böſen Menſchen ſo gute Menſchen in Schrecken geſetzt und ihrer Wohnung beraubt werden! Ich würde einen Knaben, der ein Vogelneſt zerſtören, und junge und alte Vögelein verſcheuchen wollte, an den Haaren zurückreißen. Warum wehrt der liebe Gott, dem gute Menſchen doch unendlich lieber ſind, als uns die Vögel, den Böſen nicht, ſolches Unglück anzurichten?"

„Liebes Fräulein Amalie," ſagte Herr Bellini, „der Verluſt meines Hauſes und eines großen Teils meines Vermögens war für mich, meine Frau und Kinder aller= dings ein großes Unglück; allein wir und viele Menſchen wurden dadurch noch eines größeren Segens teilhaftig. Wir lernten die Hinfälligkeit und Nichtigkeit aller zeitlichen Güter noch mehr einſehen. Wir erkannten, daß wir keine andere feſte Stütze haben, als Gott allein. Wir wurden genötigt, unſere einzige Zuflucht zu ihm zu nehmen. O, wie riefen auch unſere nächſten Nachbarn, die in Gefahr waren, zu Gott um Hilfe! Wie beteten wir ſelbſt bei der Todesgefahr unſerer geliebten Kinder! Wir wurden geübt in der Geduld und Ergebung in den göttlichen Willen. Viele Menſchen fanden Gelegenheit, ihre Menſchenliebe an den Tag zu legen. Ich erkenne es mit Dank, daß viele große Kaufleute mir nicht unbedeutende Summen nach= ließen, und mir neue Waren auf Treu und Glauben gaben. Viele, ſehr viele Menſchen aus benachbarten Ortſchaften, die dabei nichts zu gewinnen oder zu verlieren hatten, eilten herbei, den Brand zu löſchen. Ohne ſolche Unglücks= fälle, ohne Feuersbrünſte, Hagelſchlag, Krankheiten und dergleichen, würden gerade die ſchönſten Tugenden, Ver= trauen auf Gott, Geduld im Leiden, Wohltätigkeit gegen Leidende und Bedrängte, heldenmütige, ſich aufopfernde Liebe, und auch die Dankbarkeit gegen Wohltäter gar nicht so bewährt. Und sind gerade diese Tugenden nicht viel mehr wert, als alle zeitlichen Güter?"

„Vortrefflich," rief Herr Walther. „Mir selbst, der ich doch viele Meilen weit von Ihnen entfernt wohne, war ihr Unglück ein großes Glück. Ich lernte den heuchlerischen Fein kennen, der sich in mein Zutrauen einzuschmeicheln gewußt, und der Sie, da Sie durch die Feuersbrunst schon so vieles verloren, noch um eine große Summe Geldes betrügen wollte, ich wurde, gottlob, seiner los. Die Unschuld des Herrn May kam an den Tag, und ich nahm ihn wieder in mein Haus auf. Sein Edelmut, mit dem er sein Leben für Ihre Kinder gewagt hatte, macht ihn mir noch unendlich schätzenswerter. Wie Ihnen Ihre Kinder wieder geschenkt worden, und Sie nun größere Freuden an ihnen haben, als zuvor, so geht es mir auch mit ihm. So weiß Gott alle Leiden, die er über uns schickt, in Freuden zu verwandeln."

Frau Bellini winkte jetzt ihren zwei Knaben. „Wir reisen morgen sehr frühe ab," sagte sie. „Ihr müßt nun zu Bette gehen, damit ihr wohl ausschlaft, und auf der Reise recht munter seid." Beide Knaben standen augenblicklich auf, beteten nach Tische, küßten Herrn und Frau Walther für die gütige Bewirtung die Hand, und baten, da sie zu Bette gehen wollten, ihren Vater und ihre Mutter um den Segen. Ich erbot mich, sie zu begleiten. Frau Walther ließ eine Schachtel bringen, und packte für die Kinder, bis angespannt wurde, große Stücke Kuchen, eine ganze Torte, und so viele von den schönen Früchten ein, die auf der Tafel standen, als in die Schachtel hinein gingen. „Ihr habt die schönen roten Äpfel und gelben Birnen schon lange angelacht," sagte sie, „und waret doch so bescheiden, keine zu verlangen. Das war recht schön. Ihr könnet sie nun auf der Reise verzehren."

„Ei," sagte der kleine Anton, „die schönen Äpfel und Birnen bringen wir unserem Bruder und unserer Schwester mit nach Hause!"

„O, jawohl," sprach Franz, „und auch die Torte und die Kuchen! Der Bruder konnte nicht mitreisen, weil er im Studieren begriffen ist, und die Schwester darf die Schule auch nicht versäumen. Nun aber werden sie über das Mitgebrachte doch noch eine Freude haben."

Herr Walther sagte zu Frau Bellini: „Sie erziehen Ihre Kinder sehr gut; Sie werden Freude an Ihnen erleben."

„Das gebe Gott!" sagte Frau Bellini. „Gott hat diese meine zwei Kinder aufs neue mir wieder geschenkt, und ich gelobte ihm, sie mit neuem Eifer ihm zu erziehen."

Als ich die Kinder nach Hause begleitet hatte und zurückkam, erhob sich Herr Walther und sprach zu mir: „Lieber Sohn! Ich bin Ihnen wegen des Unrechtes, das ich Ihnen zufügte, eine große Entschädigung schuldig; auch wünsche ich Ihre edle Tat, so gut ich kann, zu belohnen. Meine Handlung soll von nun an „Walther und Man" heißen. Ich gebe Ihnen mein halbes Vermögen — und dazu meine Tochter zur Frau. Ich habe bemerkt, daß Sie eine Neigung zu ihr haben, und meine Tochter zu Ihnen. Wir beide Eltern sind einverstanden, und Ihre gute Mutter wird auch nicht dagegen sein. Reicht euch die Hände und Herr und Frau Bellini seien Zeugen der Verlobung, und dann auch die verehrtesten Hochzeitsgäste."

Ich wurde bleich vor freudigem Schrecken, und Amalie glühte wie eine Rose. Wir gaben uns die Hände, und Herr Walther sprach: „Gott segne euch, meine lieben Kinder." So sprach auch Frau Walther mit Tränen in den Augen. Und Herr und Frau Bellini wünschten uns von ganzem Herzen Glück.

Liebste Mutter! Heute über drei Wochen werde ich kommen, Sie zur Hochzeit abzuholen. Sie werden große Freude haben, Ihre künftige Schwiegertochter kennen zu lernen; sie ist vortrefflich erzogen und in jeder Hinsicht gut und edel. Es ist ein sehr großes Glück für mich, daß die Tochter so verehrungswerter Eltern meine Ehegattin wird. Die gute Erziehung, die Sie mir gaben, legte den Grund dieses meines Glückes. Ich kann Ihnen, beste Mutter, und meinem seligen Vater nicht genug dafür danken. Ach, daß der Vater diese Freude noch erlebt hätte! Er hat bei dem kleinen herrschaftlichen Amte, das er be= kleidete, sich manchen Bissen am Munde erspart, und an= statt des Weines sich mit Wasser begnügt, um mich etwas Rechtes lernen zu lassen, nicht, um damit zu glänzen, sondern für Zeit und Ewigkeit guten Gebrauch davon zu machen. Gott wolle es ihm in jener Welt vergelten, da ich es in dieser nicht mehr kann, und es auch nie imstande sein würde, wenn der gute, edle Mann noch lebte!

Nun, liebste Mutter, machen Sie sich reisefertig, — um dann für immer bei uns zu bleiben. Dies wünschen Herr und Frau Walther, die Ihnen ihre eigene Kutsche und Pferde schicken werden. Meine liebe Braut grüßt Sie mit kindlicher Ehrerbietigkeit und Liebe, und bittet Sie um Ihren mütterlichen Segen. Ihnen in Ihren alten Tagen recht viele Freuden zu machen, ist der innigste Wunsch Ihrer guten Tochter Amalie und Ihres

ewig dankbaren Sohnes
Alois.

Inhaltsverzeichnis.

CPSIA information can be obtained
at www.ICGtesting.com
Printed in the USA
LVHW102051171022
730905LV00004B/443